生命如此短暂,

别浪费时间在不值一提的事情上。

海猫小樽 / 著

你值得世间一切美好

人民日报出版社

第一部分

生活有缝隙,阳光才照得进来

003 知道自己的方向,世界都为你让路
007 不要让胆怯限制自己的脚步
011 在一起时崇尚"自由",被遗弃时又记起传统
015 容得下自己,才能容下世界
019 生活有缝隙,阳光才照得进来
023 积累养分才能让果实饱满
027 没有任何努力是毫无意义

第二部分

你只需努力,剩下的交给时光

035 放手一搏才天空广阔
039 生活本来就是鲜花和荆棘并存
043 你要守住内心的火焰

目录

047　就算绝望也要让生活继续
051　复制却不能粘贴
055　每个人的人生中总有一段弯路
059　你只需努力，剩下的交给时光

第三部分
我们终将给自己最好的安排

067　做一个最"糊涂"的聪明人
071　别让别人的看法，挡住了你的光芒
075　无法喘息的时候断尾求生
079　珍惜自己，人生才有意义
083　知道并不等于能做到
087　身边的花朵枯萎是因为你没浇水
091　我们终将给自己最好的安排

目录

第四部分
用温柔的方式与未知相遇

099　缺少勇气，拿什么一往无前
103　不要拖延你的人生
107　用温柔的方式与未知相遇
111　你眼中的好，也许会是别人眼中的恨
115　屏蔽是一种保护还是一种伤害
119　感情也要温故而知新
123　那些意见，你不用洗耳恭听
127　不要把时间浪费在犹豫上

第五部分
不是每个秘密你都要知道

135　赢得胜利还是赢得自己
141　不是每个秘密你都要知道
145　撞进现实，也别毁三观

149 如何化解生活中的矛盾
153 异地恋要为对方减少选择
157 争取鸡腿还是守好鸡肋
163 再好的朋友，也经不起利益的诱惑
167 永远别忘记身后那份深沉的爱

第六部分
我足够努力，值得未来所有美好

175 这些是我要教你的事
181 身处逆境，就当是一次路过
185 明天和未来哪个更遥远
189 就算透支生命，我们能获得什么
193 向左走，向右走
197 生命中的粗纤维
201 我足够努力，值得未来所有美好

做一个简单的人,看清这个世界,然后,好好爱它。

不要着急，最好的总会在最不经意的时候出现。

生活不是一场赛跑，而是一次旅行，要学会好好欣赏每一段路程。

第一部分

生活有缝隙，
阳光才照得进来

知道自己的方向,世界都为你让路

大自然把人们困在黑暗之中,迫使人们永远向往光明。

人自呱呱坠地到呼吸完最后一口气,往往在得到别人的认同时,才能得到快乐和幸福,认为活得有意义。但是如果把生活的全部都建立在别人的认同上,那又产生了一定的偏差。别人的赞许和掌声都是可遇而不可求的,不必因为得不到而沮丧万分。也许会有很多人不认同你,但是你自己努力赢得别人的尊重会更珍贵,哪怕所有人都瞧不起你,也比不上自己瞧不起自己更可怕。就像小蚂蚁,能扛起比自身重几十倍的重量,所以相比而言,你是不是也可以扛起自己自尊、梦想、未来呢?

午后,她拿起蛋糕闻了一下:"嗯,真香!"可惜有份文件上司急用,先去复印,两分钟搞定,就可以享用这美味的蛋糕了。带着甜蜜的心情去复印文件，仅仅两分钟，回来后却发现一只蚂蚁正在享用她的美味蛋糕。她气愤极了，用叉子把蚂蚁挑出来，问道："你这只可恶的小蚂蚁，为什么偷吃我的蛋糕？"

蚂蚁舔舔自己身上的蛋糕屑，说："我饿了，正好有这么香甜的蛋糕放在这儿，我自然不能放过了。我吃得很少的，你别那么小气，给我一些碎屑就够了。"

她更生气了："你只是一只小蚂蚁，怎么配吃这么好的东西？有剩饭剩菜就很不错了，你竟然妄想跟我分食？"

蚂蚁说："虽然我的生命微小，但我有自己的人格，我不要过那种卑微的生活。即使上天不公，我也要抗争，所以我来到了这里。虽然危险，但我活得开心。"

听了蚂蚁的话，她心中一动："你不怕万一适应不了，生活会更糟糕吗？"

"还没做，就开始害怕，那有什么用？人生有很多选择，条条道路通罗马，我觉得我的生命中充满了各种可能，我非要试试不可。"蚂蚁回答。

她沉默了，很久以来，她都有自己的目标，却一直顾虑太多，不敢付诸行动，怕情况更糟。

看看神气的小蚂蚁，她有了决定，把蛋糕朝蚂蚁一推："感谢你，这个蛋糕送你了。"

蚂蚁摇摇头，拒绝了："尝过味道就好，我还要去试别的东西呢。"

当你用自身的坚韧、自信去征服了所有人，反而会不在乎别人对你的态度了，只有不自信又懦弱的人才会格外在乎别人的评价，不管我们多么渺小，但是心中要有一个大大的自己和一个美好的未来，我们期许未来，并为之努力，让人生的价值有质的提升。

心灵小语

人的一生总是与自然环境、社会环境、家庭环境做适应的努力，其实自己的内心，往往不受自己指挥，那才是最顽强的敌人。当我们需要勇气的时候，首先要做的，是要战胜自己内心的软弱；需要洒脱的时候，我们首先要做的，是战胜自己内心的执迷；需要勤奋的时候，我们首先要做的，是要战胜自己养成的懒惰。优秀的人从不抱怨，失败的人永远在找借口，当你不再为自己寻找借口时，就离成功不远了。

不要让胆怯限制自己的脚步

对自己不信任,还会相信什么真理?

人的一生,枯荣兴衰平常事。许多事看似偶然,实际是因果必然。具有清醒的头脑,深刻地了解自己的身份地位和处境的变化,做适合的事情。当你能力展现出来的时候,有的人会选择相信你,有的人会质疑你,但是如果想成功必须充分相信自己,如果相信自己可以做到,便会鼓足勇气努力争取。你的勇气,你的自信,只有你自己清楚,如果自己都不相信自己,那么别人看不都不会看你一眼。别人是否相信你不重要,自己是否相信才是成功与否的重要因素。当你成功时,会有一些人在你旁边给你摇旗呐喊,可是不一定别人是真的信任你,也许就是别人随口说的一句话,不要在欢呼赞美中迷失了自己,要始终清楚自己的位置。

　　他是一位走钢丝的顶尖高手。有一次，他参加一项极为惊险的演出。演出要求他从架在两座悬崖间的钢丝的一端走到另一端，其间没有任何保险装置。

　　演出当天，两座山上挤满了观众，包括各方媒体记者、赞助商以及主办方领导和工作人员。高手终于出场了，只见他坚毅地注视着前方的山崖，手中握着平衡杆走上了钢丝。他轻盈盈地迈出步子。到了后来，他甚至小跑起来。当他到达对面的悬崖时，山谷间响彻了人们的欢呼声。"我要再走一次。这次我不拿平衡杆，你们认为我能做到吗？"高手问在场的观众。

　　要保持走钢丝时的平衡，靠的就是手中的这根平衡杆。许多表演走钢丝的演员甚至视其为生命。放弃平衡杆对走钢丝杂技者而言就像放弃生命一样。因为急于知道结果，大家齐声高呼："你一定可以，你是最棒的！"

　　高手真就放下了手中的平衡杆，徒手走上了钢丝。仍是轻盈的步子，仍是一路小跑，结果仍是顺利到达。热烈的掌声再次响起，所有人不禁欢呼起来："棒极了，真是不可思议！"

　　令人意外的是，高手对众人说："我还要再走一次。这次我要推着小独轮车过去，你们认为我能行吗？"在场的观众异口同声地高呼起来:"能行!你一定能行!你是最最棒的!"

高手接过助手推来的独轮车,走上了钢丝。人们仿佛都能听见自己紧张的心跳声。结果,挴着车的他比刚才还轻松地走过了钢丝,又成功了。

"太棒了!你做到了!你是世界第一!"山谷间回荡着观众发自内心地欢呼。

高手似乎意犹未尽,他抱起身边的一个孩子,对着在场的所有的人说:"这是我的女儿苏珊,我要用独轮车把她安全地送到钢丝的那一端。你们相信我能做到吗?"

所有人齐声高呼:"相信!我们相信!你一定可以!"

高手问:"你们相信吗?"

"当然,绝对相信!"

"我再问一遍,你们是真的相信我吗?"

"是的!真真正正地相信!你是世界第一!"所有人再次齐声高呼。

"很好,如果是这样,我就要再走一遍。不过,我要放下苏珊,让另一个孩子来代替,有人愿意吗?"高手再次问道。

山中顿时鸦雀无声,没有一个人敢说愿意。

心灵小语

活着是艰难的,在成长中,我们日益体会到生活的残酷。于做人的困顿中发现心中总有这么一块可以寄托的空间,这要感谢信任。透过信任的眼睛看世界,天地都更纯净。倘若人人都换一种信任的眼光来看待一切,世界将更美好。

在一起时崇尚"自由",被遗弃时又记起传统

失恋,并不使你痛苦,而你赋予失恋这个现象的附加意义,却将你击溃。

恋爱是一个永远也讲不完的话题,它以各种形态发生在每一个人身上。一个姑娘向我诉苦,说她失恋了,男朋友是一个人渣,夺走了她最珍贵的东西,却抛弃了她。姑娘说这些的时候表情发着狠,似乎想将那个男人千刀万剐。

女孩来自乡村,从考上大学的那一刻开始命运已经改变,来到大学她怀着自卑和向往的复杂心情,对于别人的示好有着本能的逃避。但是一个男孩的出现,她的那颗渴望被靠近的心被打开了,两个人开始了热恋。没过多久,男孩提出要同居,一开始女孩说什么都不答应,男孩说她古板不开放,还举例子说身边的恋人们都如何如何。女孩

想证明自己不是古板又保守,也崇尚着"自由"。一年后,男孩和别的女孩在一起了,女孩伤心悲愤到极点,哭着问男孩为什么这么不负责任,她最宝贵的东西都给了他啊,分手怎么能说得这么轻而易举?男孩无奈又决绝地说:"你平时就总拿这个说事,一吵架就拿这个威胁我,我本意不想伤害你,但你让我背负得太多,我现在只想离开你。"女孩听完之后彻底崩溃了,后悔自己当初怎么那么傻,女孩最恨的却是她自己,甚至想结束生命。

世界其实没有统一的对与错,如果你无比珍惜一样东西,就应该将它藏之于深山,任凭如何严刑拷打都不能拿出来。如果选择拿出来,就不要再纠结于它,好好地生活,接受生活给予你的温暖和严寒。这个女孩的矛盾之处就在于,得到的时候唯恐失去,真的失去的时候又后悔不已,她是值得可怜的,但是她的做法也是有问题的,恋爱中你付出的和得到的是计算不清楚的,所以不要总是将自己的付出挂在嘴边,对方若是有担当爱你的男人,你什么都不用说也是他掌中之宝;而心智不成熟的人,你说再多也是徒劳。失恋并不可怕,但是你的痛苦更多的是来源于你自己附加给这段恋爱的意义。

如果我以后有一个女儿,我希望她是一个有广阔眼界的孩子,心存宇宙的浩瀚,也懂得生活的温暖,既经得起苦难的磨炼，也能懂得规避危险，她不会因为一场失恋要死要活，也不会因为别人的一句嘲讽而彻夜难眠，她内心强大却不骄傲，对于别人给她的伤害，能够在最短的时间整理自己，重新出发。

人的一生要经历的苦难太多，在年轻的时候一场失恋可以让你的世界昏天黑地，等你渐渐长大，你就知道最重要的是保护自己。女孩一定要懂得如何保护自己，身体的健康是最重要的，不要辜负父母，如果不能将人生过得辉煌精彩，请至少平安健康。

命运的红线不仅仅只有一根，失去了还会再得到，所以不要伤害自己，这是无比愚蠢的选择。放下这一段，别再去懊悔自己的付出，下一段恋爱，还要用心去爱，但是不同的是，你有了选择男人的眼光和经验，你的下一段恋爱会更成熟，你也会更理智。

青春是那么短暂，初恋能修成正果的少之又少，在失恋之后，不要放弃自己，对待生活要依然精致美好，将自己调整到最佳状态。只有放下，才能迎接下一段的美好，而你值得拥有更好的。

心灵小语

失恋最怕钻牛角尖，特别是算旧账，悔不当初，其实于事无补。所以别再蹉跎了，再这么下去，你连失恋的机会都没有了。青春，真的非常短暂。不要让矛盾充斥生活，自己想明白生命、青春、爱情的奥义。失去爱情，你并没有失去全世界，真正的伴侣还在未来的路上等待着你，他只不过来得有点慢了而已。

容得下自己，才能容下世界

> 一个人如果胸无大志，即使有再壮丽的举动也称不上是伟大的人。

目标一定要放长远，一个人目标短浅往往反而失掉先机，会因为贪心而负担拖累。很多人之所以不能取得成功，是因为他们只看重眼前的利益，被眼前利益迷惑了双眼，以至于让更大的收益从身边溜走。

下棋好的人可以预测后面三步棋的走法，高手可以预测七步，这就是差距。为什么有的人总觉自己被别人玩弄于股掌之中，事后频频后悔却不得其法？就是他总是看到眼前那么一丁点的利益，就倾尽全力去争取，这样别人很容易看透你，也容易被人利用还不自知，导致你付出和收获不成正比。当然，一个人的眼界是需要从小培养的，家庭环境和接受教育的程度不同，都会影响一个人对事物的判断,但是这些不是先天的,你知道你的问题所在,努力去改变、去学习才是最重要的。在这里建议大家,在你还不是一个成功的人,需要学习很多东西的时候,如果有机会,最好能和你所在行业里最优秀的人多学习。有很多年轻的人总是和我说:"你看我的领导根本就什么都不是,学历不如我,我懂得他都不懂,我就是不服气,凭什么听他的,我认为他是错的。"好吧,也许你说的有些是对的,但是要知道你的上司、领导、前辈都是比你工作年限要多的人,行业中的明规则、潜规则比你懂的人,对一件事情的判断你是不了解的,但是他们会考虑好方方面面才做决定。我真的建议职场新人,在刚开始工作的时候,不要太自负,也许你的学历确实很高,在学校你认为你的作为比同龄人优秀得多,但那只能代表你的起点稍高一点,因为学历只是你工作的敲门砖,真正想在职场站住脚,多学多听少说话才是最重要的。

当你进入公司,忘掉自己之前的优秀或者不优秀,这就是一个新的起点,沉稳、踏实、有责任心、能吃苦的人,比一个学历高、样貌好,说话动听的人更赢得别人的心。因为扎实的工作力、好的人缘,才能体现一个人的担当和能力。

在你刚走入社会的时候,进入任何一家公司不要想着我的能力很强，我可以当这个总监，做那个项目的负责人，适当地争取自己的利益是好的，但是盲目膨胀自己是致命的。不管学习底层业务是多么枯燥、辛苦，但是你要知道，你所仰望的那些高层大部分都是从底层职员一步一步打拼出现在的成绩的。只有知道了每一层级的核心东西，才能在做领导的时候，无论是管理员工还是分配任务都清楚地知道任务的工作量，判断每一个人完成得好坏，让你的视线更长远，规划也更合理。

以前有一个又懒又馋的女人，有一天，她做了五张饼，吃饭的时候，她丈夫拿起一张饼吃了起来。她为了多吃多占，就挑了两张大些的饼，卷在了一起，说："我来个饼卷饼。"接着，大口地吃了起来，眼睛还不住地盯着另外的两张饼。丈夫因为只有一张饼，很快就吃完了，他从容地拿起另外两张饼，卷了起来，说："我也来个饼卷饼。"得意地吃起来。妻子吃了两张饼就没有了，丈夫还是比她多吃了一张饼。

每块饼就代表了一份利益，丈夫吃得多，那么他占的利益自然比妻子多。在生活中也是同样的，要想成功不能只看眼前的利益，否则就会失去更大的利益。而要像那个做丈夫的，先放弃眼前的利益，才能获得长远的利益，这就是"丢下芝麻捡到西瓜"的道理。

心灵小语

　　欲望是一个雪球，它会越滚越大，最后却掩埋了自己。欲望也是一个魔鬼，永远都无法满足它的野心。欲望，永远都无法满足，最后却让你什么也得不到。当一个人获得成功的时候，有的人选择膨胀，选择满足自己的贪欲、色欲。而有的人却更加看清世界和自己真正想要的，有的做慈善，有的开始做自己喜欢的事业，不再纠结自己的心。人都有欲望，但是要合理分配自己的欲望，不要将它都灌注在对金钱的向往上，将它更多地放在家人和爱人上，这样的欲望就是渴望温暖、渴望温情。不要迷失了自己，人生的路太长，慢慢来，目光放长远一些，就会迎来曙光。

生活有缝隙,阳光才照得进来

> 除了人格之外,人生最大的损失,莫过于失掉自信心了。

贫穷不会磨灭一个人高贵的品质,反而是富贵叫人丧失了志气。当代社会中的人们,生活上都不再执着于吃饱饭,而是希望活出品质感,但是精神的匮乏却使我们经常迷失了方向,其实不论现在生活是贫是富,我们都应该把生活过得精致又美丽。

生活中,我们每一个人都有仅仅属于自己的东西,没必要一味地瞧着别人的财富与飞黄腾达而羡慕不已,因为真正的快乐与金钱和其他外在的评判准则无关,它来自内心,来自你对于自身所拥有物的满足和对生命的依恋。

记得还在上学的时候,朋友的寝室里有一个从黄土高原来的青年。据说,他要是回一次家,得先坐火车,再坐汽车,之后是马车,之后是背包步行……总而言之,他的家是常人无法想象地僻远。

一次聚会的夜晚,他给我们讲他母亲的故事。透过他的讲述,我们看到了一个在困窘环境中生活着的瘦削美丽的母亲。她经常说的话是:生活可以简陋,但不可以粗糙。

她给孩子做白衬衫白边儿鞋,让穿着粗布衣服的孩子们在艰苦中明白什么是整洁与有序。他说,母亲的言行让他和他的兄弟们知道,粗犷的土地上一样可以长出美丽的花。

我终于明白,为什么那个养育他成人的窑洞里,会走出那么多有出息的孩子。

和这个青年同一寝室的那位朋友,是富裕家庭里的"宝贝",他来上大学,他的母亲一下子给他买了十套衣服。

可是,没有一件他能穿出点儿模样来。他总是随随便便地一扔,想穿了就皱皱巴巴地套上,头发总是在早晨起来变得"张牙舞爪",怎么梳都不顺。他最习惯说的一句话是:一切都乱了套。

他总弄不明白,住对床的室友,怎么每一天的日子都过得有滋有味。他的床上,横看竖看都是乱,而对面那张床,洗得发白的床单总是铺得整整齐齐。

那个窑洞里走出的青年,就这样在大家赞赏的眼神中读完了研究生,偕同爱他的姑娘,到北京工作去了。听说,在他有了家庭后,他和他的母亲一样,把日子过得精致而又美丽。

心灵小语

　　我们要有一个信念,所有困难都是暂时的,相信一切是可以改变的。贫穷并不会永远伴随你左右,只要你想改变它,你终有一天会改变它。它也会变成你人生中最重要的一笔"财富"。

　　贫困是一种境界,使人更坚强。温室中的花朵因为没有经历风雨磨炼,而变得娇弱不堪;路边的野花虽体态娇小,内心却无比坚强,正是它经历了风雨的磨炼。与温室中的花朵相比,正是这种一无所有,铸就了沁人心脾。

积累养分才能让果实饱满

一个人若是没有热情，他将一事无成，而热情的基点正是责任心。

工作中做事越多，学习到的也就越多，你的进步就会比别人快得多，当有一天你的积累到了一定程度，就会比别人在竞争中有利。所以永远不要嫌自己比别人辛苦，那是生命赋予你的难得历练，你承担得越多，就离成功越近。

一批新的水手上了船，其中年龄最小的水手，性格很内向，寡言少语的。因为年纪小，所以他看上去很好欺负，其他的水手们总是有事没事拿他开玩笑。船上的老水手长似乎对这个小不点也不太满意，除了安排他与其他水手干一样的活，还额外要求他去做一些分外的工作。小水手有一次利用空闲时间与兄弟们一起聊天，他发现每个人都过得很清闲自在，只有他自己一天到晚忙忙碌碌。

遇上刮风下雨这种恶劣天气，别的水手都悠然自得地在房间睡觉休息，可那严厉的老水手长却还是安排他干活，要么让他缝救生圈，要么就是让他学习打绳结。老水手长看着小水手敢怒不敢言的样子狠狠地甩了一句话："你今天必须打10种绳结，每个绳结打10遍，否则你小子就别吃饭。"

每当有插钢丝这样的辛苦活时，他也常对小水手说："我干不动了，你来替我干。"工人们卸完货，小水手也经常被派遣爬上桅杆去放吊车。每次在甲板上干完活，整理工具的收尾工作也都让小水手一人包了。其他的水手看到小水手这样被使唤，背地里幸灾乐祸地说："这小子跟软柿子一样被人欺负。瞧他那窝囊样儿，让他傻乎乎地干去吧。"

小水手终于忍无可忍，找到老水手长一定要问个明白："您为什么总是为难我？为什么脏活、累活、苦活都是让我一个人干？亏得咱们还是老乡呢。"老水手长意味深长地说："正是因为咱们是老乡，才让你干比别人多的活。我担心别人说我袒护你，以后就没办法开展工作了。"在海上航行一年后，船回国了。公司考核全体水手的个人体能，小水手在10项考核内容中样样都拿到了第一，被破格从二等水手提拔成一等水手。

经过一段时间的休整，船又要出航了。年迈的老水手长此时也退休了。因为出色的表现，小水手成为最合适的继任人选，进而被破格提拔为新水手长。此时，那些曾经在背后挖苦过他的水手们再也笑不出来了。

　　有些事不能只是等待，等待就是迟到。万事俱备，东风就来了，这叫机遇；东风来了，毫无准备，这叫遗憾。很多事，还没发生，其实早已开始。有眼光的人，总能从一些现象中捕捉到这些事情发生的可能性，从而早做准备，等到瓜熟蒂落之时便是他们的成功之日。人生很多失败，不是你做不好，而是你做慢了。

心灵小语

对自己的工作要有信心。既然这份工作是自己选的,就要相信自己的眼光,决不轻言放弃。要坚信暂时的不顺利只是小插曲,经过峰回路转,前面一定是一片光明。对自己要充满信心。

一粒麦子,避开了风雨,果实就会变得干瘪,不如那些经历过风雨的麦子饱满。麦子尚且如此,人更是这样,要经历风雨才能成才。

没有任何努力是毫无意义

卓越的人的一大优点是,在不利和艰难的遭遇里百折不挠。

我们总是还什么都没做的时候,就对一件事情习惯性地做出判断,然后认为无比正确,所以很多时候还没做就已经放弃,认为不管做出什么努力也会是"无用功"。可是,我们也经常会后悔,因为我们看到了别人的努力换来你羡慕的成果,你也可以做得到,但是你没有任何作为,放弃换来了后悔。你努力一分,日后某一刻你就会感谢当初努力的那一分,因为没有任何的努力是毫无意义的。

而绝望是人类自身的无意识自我创造出来的,是人类的集体意识和个体意识制造的。要走出绝望,每个人必须从自身开始。所以让自己的意识变得清明有序就是主要的了。有序的意识创造有序的世界,美好的心灵才会创造美好的生活。

有一位心理学博士曾做过这样一个实验：他用手紧紧抓住一只小白鼠，不管这只小白鼠怎么挣扎，他就是不松手。过了很长一段时间后，小白鼠不再挣扎了，几乎是一动不动地待在博士手中。这时，博士将这只小白鼠放入一个温水槽里，它立刻就沉下去淹死了，甚至没有挣扎一下。博士又将另外一只小白鼠直接放入温水槽中，小白鼠很快就从温水槽中游了出来，脱离了危险。

同样的两只小白鼠，一只被活活地淹死了，而另一只却成功脱险。这是为什么呢？

实验得出这样一个结论：第一只小白鼠，在博士手中挣扎了许久，但是都没有摆脱"困境"，它认为自己无论如何都无法活命了，因此也就放弃了生存的希望，不再采取任何"毫无意义"的行动了。而第二只小白鼠没有这样的经历，它在遇到危险的时候，怀着生的希望，本能地努力挣扎，最终成功脱险。

绝望是人生的第一杀手，无论处在何等艰难的境地，只要心中还有希望，只要努力去争取，付出就有收获，总有一天会摆脱困境的；而悲观绝望，放弃努力，只会使情况变得更糟。

希望有时是人生最明亮的一盏灯，它照亮我们的心灵，给我们以无穷的勇气。只要希望之灯不灭，我们就能走出失败和绝望，迎来新的曙光。

　　做一个面对困境懂得挣扎努力的人，我们坚强面对，才能在以后的时间里收获幸福，就像一个井底之蛙永远看不到出路，那它永远只能待在井底，有些寓言故事看过觉得很可笑，可是我们身边很多人都在重复着这种可笑，也许你也在重复，多反思多改变。做一个上进的人，未来的你会感谢现在的自己。

心灵小语

有一幅漫画：在一片水洼里，有一只面目狰狞的水鸟正在吞咽一只青蛙。青蛙的头部和大半个身体都被水鸟吞进了嘴里，只剩下一双无力的乱蹬的腿，可是出人意料的是，青蛙却将前爪从水鸟的嘴里挣脱出来，突然间死死地掐住水鸟细细的长脖子……这幅漫画就是叙述这样的道理：无论什么时候，都不要放弃，在绝望处当看到希望。

第二部分

你只需努力,
剩下的交给时光

放手一搏才天空广阔

> 一个人必须经过一番刻苦奋斗,才会有所成就。

  人生就是一串困难的选择,是一个不断选择的过程。当我们走过人生的旅程,身后留下来的就是我们选择的结果。如果选择得好,我们会感到快乐和成功,会觉得自己对世界、对他人产生了正面的影响。

  这是一只样子奇特的小鸟,个头和刚生下来的小鸡差不多。老人是在山里打柴时捡到它的。

  它还不会飞,老人就把这只小鸟带回家给孩子们玩耍。

  孩子们很调皮,他们将这只奇特的鸟放在小鸡群里,充当母鸡的孩子。让母鸡养育着,母鸡果然没有发现这个异类,全权负起一个母亲的责任。

  小鸟一天天长大了,人们竟然发现小鸟竟是一只鹰,人们担心鹰再长大些会吃小鸡。然而人们的担心是多余的。那只鹰一天天长大了,却始终和鸡相处得很和谐。只是当鹰出于本能在天空展翅飞翔再向地面俯冲时,鸡才会出现片刻的恐慌和骚动。

时间久了,村里的人们对于这种鹰与鸡同处的状况越来越担忧。如果哪家丢了鸡,首先便会怀疑是鹰吃掉了,因为鹰生来就是要吃鸡的,越来越不满的人们一致强烈要求:要么杀鹰;要么将它放生,叫它永远不要回来。

因为和鹰相处的时间长了,有了感情,这家人自然舍不得杀它,于是决定将鹰放生,让它回归大自然。他们将鹰带到村外的田野上,经过几天,那只鹰又飞了回来了。他们驱赶它,不叫它进家门,甚至打得它遍体鳞伤……许多办法试过了都不奏效,最后他们终于明白:原来鹰是眷恋它从小到大的家园,舍不得温暖舒适的窝。

后来村里一位老人说:"把鹰交给我吧,我会让它重返蓝天,永远不再回来。"老人将鹰带到附近一个最陡峭的悬崖绝壁旁,然后将鹰狠狠向悬崖的深涧扔下去,如扔一块石头。那只鹰开始也如石头般向下快速坠去,然而快要坠到涧底时,它只轻轻拍了拍翅膀,就飞向蔚蓝的天空,再也没有回来了。

人又何尝不是如此呢?现代社会越来越多的"啃老族"

的出现，是因为他们真的不能养活自己吗？其实只是因为自己的懒惰，贪图不劳而获就能得到一切，不必和同龄人一样打拼工作，辛苦赚钱养家。可是，一时的懒惰和放纵，换来的不是享乐，而是一辈子颓废下去，就像刹不住闸的车，一路狂奔下去，等到你醒悟的时候，不管是年龄还是环境，你的能力已经改变不了现状了，因为你太久没有融入社会，你已经脱轨了。

心灵小语

今天和明天都在改变，你没有勇气给自己一次飞翔的机会，你就永远没有翅膀，生活不会等你。我们的青春眨眼间就没有了，皱纹一条一条地爬到眼角，我们阻止不了岁月破坏我们的容颜，可是我们可以让心在岁月中慢慢磨砺，如蚌中的沙，慢慢地光润起来，等到我们发苍齿摇、步履蹒跚的时候，还可以让珍珠的光泽晕红最后的行程。

生活本来就是鲜花和荆棘并存

最甜美的是爱情，最苦涩的也是爱情。

有一个朋友将近半年没有联系了，最近突然加上微信开始聊天，一边感叹时间过得好快，一边彼此诉说着近况。她说刚结束一段网恋，正在恢复期，想努力忘掉那段不知道什么时候莫名其妙开始，却突然消失掉的爱情。

因为从小一起长大，我和她一直关系很好，她出生在一个父母都是教师的家庭，受家庭熏陶，她从小就善于观察，尤其对自然科学感兴趣，27岁时就获得了生物学博士学位，进入一家知名研究院从事科研工作。在我看来也许她什么都拥有了，但是当同龄的女孩子享受着花前月下的浪漫时光时，她却沉浸在实验室里，与各种实验为伴。那时的她一心工作，努力实现着自己的理想。

她的条件其实很优秀，但是一年一年过去了，恋爱的事情她却一直没有消息。我很为她着急，她的父母也是急白了头，她却一直等不到她的缘分，她并不是一个独身主义者，年纪越来越大，她也很渴望属于她的一段爱情，她相信自己的白马王子一定会手执玫瑰在灯火阑珊处等待她。然而，在周围人眼中，曾经的她就像独自走在云端中的女神，高贵、优雅，却难以靠近。

后来在周围人的牵线和陪同下，她只好频繁地参加各种相亲活动，但一直没有她满意的人出现，她才意识到自己好像已经背负上另一个代号——"剩女"。和我们聚会时谁聊到自己的丈夫孩子的时候，她都沉默，也难免有一丝挫败感。

现实中得不到的东西，在网络上却那么容易得到，她在网上认识了一个男人，那个男人在她的想象中一切都那么符合她的喜好，他很细心地记得她的每一句话，会照顾她不好的情绪，提醒她按时吃饭，生病了也会一个个电话嘘寒问暖，给了她太多，所以很快她坠入了爱河，虽然她连他的照片都还没见过。

电话里他的一句话能让她琢磨回味一整天，她的心里无时无刻都充满阳光，她相信那个男人一定就是一辈子送她玫瑰的那个人。她开始憧憬未来……

有一天当她提出想见他时，他一口拒绝了，反问她现在这样很好，为什么要打破这种关系。她说想见他和他聊聊，希望能从虚拟走向现实，能做他的女朋友。后来这个男人说彼此都有彼此的生活，从一开始就是希望在网络中寻求一份虚拟的依靠，现实中他有他自己的生活，没有可以容得下她的地方。于是，她失恋了……

其实我想说，这个男人也许只是你我身边的人的缩影，没有好到真的可以让人奋不顾身，也没有坏到人神共愤，他在她提出见面时回绝了她，没有伤害她更多。也许他真的只是当她是一个虚拟的慰藉，在他心情不好时疗愈他，在他无聊时给他恋爱的新鲜感，但是遇到这样的男人请远离他。

我的朋友在感情方面的经验并不和她的年龄对等，对待网络上的陌生人，不甚了解便全情投入。当然有在网络中收获幸福婚姻的人，但是那是少数，不一定会是你我。

爱的正面是伤害，爱的背面是冷漠，用空洞的没有灵魂的文字，记叙没有灵魂的心情，在没有灵魂的网络里，思念不代表任何人。网络只是一个免费的交易所，埋不起爱情的单，埋不起幸福的单，更养不起你我的爱情。

心灵小语

你不能左右天气，但可以改变心情；你不能改变容貌，但可以展现笑容；你不能控制别人，但可以掌握自己；你不能预知明天，但可以利用今天；你不能样样胜利，但可以事事尽力。爱情可遇不可求，你若拥有像太阳一般的笑容，去融化看见你的人，爱情一定离你不远。

在遇见爱情之前请你把身体保养好，请你把事业打理好，也请把你的父母家庭经营好。遇见爱情，人生美满；若一时还未遇见，你的人生也是完整幸福的。多爱自己，才有人来爱你，你才值得别人的爱。

你要守住内心的火焰

对消极的情绪有一个明确的了解，就可以消除它。

有人说，笑是精神的维生素，有的时候你是否很怀念曾经开心大笑的日子，又或者你是否已经忘记了如何微笑？每天都会遇到很多的事，但也许大部分是不开心的，就算如此，难道你就要如此不开心地生活下去？你的情绪会影响到你，也会影响你身边的人，久而久之形成恶性循环，不如将坏情绪在回家进门的一瞬间抛到脑后，给自己喘息的时间，也给家人带来好心情。

一次，我去一个朋友家做客，出了电梯，赫然见门口挂了一个小木牌，上头写了两行字："进门前，请脱去烦恼；回家时，带快乐回来。"当时，我凝视良久，细细品味，不禁对这家主人萌生无限好感。短短的两句话，蕴含的却是深奥的道理。

　　进屋后，见到男女主人一团和气，两个孩子大方有礼，一种看不见却感觉得到的温馨、和谐，满满地充盈着整个屋子。自然询问起那块木牌。女主人笑笑望向男主人："你说。"男主人则温柔地瞅向女主人："还是你说，因为这是你的创意。"女主人甜蜜地笑笑说："应该说是我们共同的理念才对。"

　　经过一番客气的推让后，女主人轻缓地说："其实也没有什么大学问，一开始只是提醒我自己，身为女主人，有责任把这个家经营得更好。而真正的原因，是有一次在电梯里看到一张充满疲困、灰暗的脸，一双紧拧的眉毛、烦闷的眼睛……把我自己吓了一大跳。于是，我开始想，当孩子、丈夫面对这样愁苦暗沉的面孔时，会有什么感觉？假如我面对的也是这样的面孔又会有什么反应？接着我想到孩子在餐桌上的沉默、丈夫的冷淡，当时我吓出了一身冷汗，为自己的疏忽大意而后悔……当晚我便和丈夫长谈，第二天就写了一个小木牌钉在门上以提醒自己，结果，提醒的不只是我俩，而是一家人……"

　　有一种无形的宝贵财富，那就是笑，它是成功的开端。

　　经常笑一笑，你会有"幸福的日子又来了"的美好感觉。不过要注意，笑要自然和充分，半笑不笑和皮笑肉不笑没有多大用处。忘情的大笑才能使你处于极佳的心理状态。

从内心深处绽放出来的真情的笑，在人际关系和家庭关系中可以起到绝佳的润滑剂的作用。一个大企业的总裁曾说："能常常带有真情的微笑的小学学历的人，比整天板着脸的博士更有用。公司要求工作人员的基本功就是微笑，这是公司最好的商标，比很多广告更有力，因为它足以打动人心。"

当人陷入不乐的心境时，可以主动去游乐场调剂情绪；或者读读幽默小说，看看漫画，听听滑稽故事或相声。无数次开怀大笑，心情就会变得充满阳光，当然还有很多更好的方式需要你去发现。只要不涉及别人的利益，任何可以让你发笑的方式都可以拿来用，这对于恢复你的自信心是极有帮助的。

有时候，笑往往是自信心和优越感的一种表现。你可以观察运动场上的人，他们常常面带笑容，他们认定自己可以赢得比赛。

笑是一种帮助你进步的力量。如果现实生活中没有这样的条件，那就自己去创造吧，阅读幽默小说和漫画等方式，都是不错的选择。久而久之，你的情绪会得到很大改善，性格也日渐开朗，积极向上的力量也增加了许多。

心灵小语

生活应该处处都有阳光,处处都有欢乐。其实,人只要有一颗知足常乐的心,一定会发现快乐无处不在,微笑无处不在。读一本好书,寄情于山水,相忘于江湖是快乐;日过西山,欣赏夕阳,看火红的夕阳徐徐落下是快乐;宠辱不惊,闲看庭前花开花落是快乐;辛苦半生,看到生命之树上硕果累累也是快乐……

就算绝望也要让生活继续

> 每一种挫折或者不利的突变,是带着同样或较大的有利的种子。

没有纯粹的得,也没有纯粹的失,得中有失,失中有得。当你正在失去时,同时也正在得到。有付出才能有回报,有失去才能有得到。不要放弃希望,当你绝望的时候,也许日后你会感激当时的绝望给你带来日后的收获。

居住在深山里的农民由于地理环境险恶,生活难以得到保障。有一位农民为了摆脱困境,四处寻找能够致富的好方法。

有一天,一位从外地来的商人给了这位农民一样自己认定的"好东西"。

原来,这个所谓的"好东西"只是一粒粒普通的种子而已。

但商人耐心地向农民解释着:"这不是一般的种子,而是一种很好吃的水果——苹果的种子。你只要将这些种子种在土壤里,用不了两年,这些种子就能变成一棵棵枝繁叶茂的苹果树,到时候一定能结出让你数不胜数的果实。拿着这些果实去集市上卖,一定能挣大钱。"

听着商人热情洋溢的描述,农民立刻将这些珍贵的种子收了下来。但农民马上又忧心忡忡起来:既然苹果这么值钱,又这么珍贵,那会不会被其他人给偷走呢?于是,他经过深思熟虑,最终选定了一片偏僻而且荒凉的山野种植这种珍贵的果树。

两年来,农民精心照料着这片果树林。他辛勤地耕作、浇水、施肥。一株株茁壮的果树出现在了农民的眼前,硕果累累。农民兴奋的心情溢于言表,暗自想:要是多种一些就好了。不过,结出这么多果实应该能够让我的生活好过很多了吧?

为了能将珍贵的果实卖个好价钱,他特意挑选了一个吉祥的日子,准备采摘下那些成熟的苹果。

终于盼到了这一天,他兴奋极了,一大早便出发了。当他费力地爬到山顶时,看见的却是果树的惨状。天啊!那一片片红灿灿的果实竟然被一群闯入的野兽和飞鸟吃了个精光,只剩下满地残缺不全的果核了。

农民一想到这两年来日日夜夜的辛苦，禁不住失声痛哭起来，伤心欲绝。

他没想到自己日思夜想的致富梦会毁于一旦。在随后的日子里，他对生活失去了信心，日子依然艰苦，只能艰难地支撑着，一天一天地受着煎熬……

光阴似箭，几年的时间就这样一闪而过。

一天，他偶然回到了这片曾经令他伤心的山野，费尽所有力气爬到山顶。然而，眼前的情景令他顿时傻了眼——在他面前出现了一大片茂密的苹果林，硕果累累，简直比他曾经种植过的那片果树林还要繁茂。

"这都是谁种的呢？"农民嘀咕着。疑惑了好久，他突然醒悟，原来这片繁茂的果树林就是自己种的。

几年前，那些野兽和飞鸟在吃完苹果后，就将果核丢了一地。经过这几年时间，果核里的种子慢慢生根发芽，终于长成了更加繁茂的苹果林。

现在，这位农民过上了安逸而且富足的生活。这片林子足以让他衣食无忧。面对这一切，他感慨万千：如果不是当年那些野兽和飞鸟吃光了那一小片果树林的果实，今天就根本不会有这样一大片果林了。

心灵小语

不要只用得失来衡量自己的人生,事业上的成功,是以牺牲某些生活享受作为代价的,在做决定的时候,要权衡得失。

失去和得到,在许多情况下是没有明显界限的,有时候,失去也意味着得到。塞翁失马,焉知非福。

复制却不能粘贴

> 走正直诚实的生活道路，定会有一个问心无愧的归宿。

创新思维诞生了许许多多伟大发明。"创新"也常常成为企业抓住机遇、扭亏为盈、推动变革的方法和手段。

企业创新，需要具有创新思维的员工，同样也需要营造激发员工创新思维的环境。老板对于员工的考核，仅局限于本职能和本岗位的完成度、满意度是远远不够的，这些仅是合格员工的标准，而不是优秀员工的标准。本着这样的准则，员工在工作中，更多的只会是抱着坚守本职工作的态度，因循守旧，日复一日重复前一天的工作。变化的市场环境，光有踏实肯干的态度是不够的，尤其是知识型员工，没有创新的思维和能力，市场不会因为个人的停滞而停滞，结果只会使个人适应能力越来越差。

鞋匠老了，有一天他把自己的三位徒弟叫到面前，语重心长地对他们说："我已经将补鞋这门本领全部传授给你们了，你们学得也很努力。现在我已经再没有什么可以教的了，你们也学艺已精。从今天起，你们该出去闯荡了。"

徒弟们虽然心中仍有不舍，但师父心意已决。他只对徒弟们交代了一句："补鞋底只能用 4 枚钉子。"之后就让他们出发了。

带着对师父那句嘱咐的疑惑，3 个年轻人在一座大城市扎下根来。他们依靠着不相上下的手艺，都过上了丰衣足食的生活。可那疑惑始终困扰着他们。

日子一天天过去，大徒弟已经发现用 4 枚钉子总不能使鞋底完全修复，可师命难违，他只能受着良心的谴责。最终，苦于无法找到折中的办法，大徒弟不再补鞋而是回乡下种地去了。

二徒弟也发现了同样的问题。但他觉得，让鞋坏了的人来第二次才能修好鞋，让自己挣到双倍的钱，正是师父说出那句嘱咐的初衷。于是，他继续只用 4 枚钉子补鞋。

聪明的三徒弟自然也发现了这个秘密。同时，他也发现其实只要多钉一枚钉子就能一次性把鞋补好。冥思苦想后，他决定加上那枚钉子。这样不仅能节省顾客的时间和金钱，更重要的是换来自己良心上的安慰。

就这样，数月之后，人们发现了两个鞋匠的不同，纷纷奔向三徒弟的店铺。由于经营惨淡，二徒弟的铺子最终被迫关门了。

转眼几十年过去了，当年的三徒弟现在也成了一名老鞋匠了。在兢兢业业地补了一辈子鞋后，他终于悟出了那句嘱咐的真意：要创新，同时心中不能有贪念，否则只能被社会淘汰。

前人的成果是他经验的总结，环境变了，条件变了，如果你应用起来不太合适，那就按照自己的需要去修改，而不是被其束缚了手脚，不敢越雷池一步；或者是抱守着前人的告诫，却怀着渔利的目的。上述两种做法都会让你在现实的生存竞争中被踢出局。

心灵小语

从前有个卖草帽的人，有一天他路过一棵大树，累了，便把帽子放着，坐在树下打起盹儿来。等他醒来时，发现身旁的帽子都不见了，抬头一看，帽子都在树上的猴子头上，怎么办？他灵机一动：猴子喜欢模仿人的动作，他就试着赶紧把头上的帽子拿下来，扔来扔去玩，猴子也学着他，将帽子纷纷都扔在地上。卖帽子的高高兴兴地捡起帽子，回家去了。

卖草帽的人回家之后，便把这件事告诉给了他的儿子和孙子。

很多年后，他的孙子继承了家业。有一天，孙子在他爷爷卖草帽的路上，也跟爷爷一样，在大树下睡着了，而帽子也同样地被猴子拿走了。他想起了爷爷讲过的故事，于是他把头上的帽子拿下来，扔来地上玩，可是奇怪了，小猴子看看老猴子，老猴子对小猴子嘴里哇哇地叫，还直瞪着他看，这时老猴子对卖草帽的人说："你以为只有你有爷爷吗？"有些窍门用一次是智慧，用两次就是模仿，不创新就达不到你的目的，所以还是多用用智慧吧。

每个人的人生中总有一段弯路

对于一艘没有航向的船来说,任何方向的风都是逆风!

正确的方向是成功的一半,选定了一个正确的方向,才能拨开重重迷雾,使自己豁然开朗,走出苦闷与彷徨,从而达到一个新的人生高度。很多时候,成功除了勇敢、坚持不懈外,更需要方向。也许有了一个好的方向,成功来得比想象中更快。

年轻的马克是一名穷困潦倒的落魄画家,他的作品一张也没卖出去过。但是,马克不愿意从事其他工作,除了画画,别的他什么也不干。因为一直臣执地坚持着自己的理想,他连吃饭的钱都没有。好在有一位心地善良的老板,总让他在自己的餐厅赊账吃饭,马克才得以继续生活。

有一次,正在用餐的马克突然有了灵感,于是不由分说地拿起随身携带的画笔,用番茄酱、酱油为颜料,在洁白的桌布上创作起来。

因为当时店里没有多少客人,所以老板也就没有阻止马克,而是在一旁专心致志地看他作画。

马克画了很长时间,终于画完了。他感觉自己这辈子从来没有完成过这么完美的作品,他不停地称赞着自己:"太棒了!这画太完美了!我太兴奋了!"

"嘿,马克。"餐厅老板走上前来说,"把这幅画给我吧,就当作你还清了之前所有欠下的饭钱,怎么样?"

"真的吗?你觉得我的画值这个价钱?"马克又惊又喜,语言中充满了感激,"我总算找到知音了,我马上就要成功了。"

餐厅老板连连摇头:"你不要误会,我买你的这幅画是为了时时刻刻警醒我的儿子。因为他也像你一样,成天做着当画家的梦,我希望他千万别落得像你这样的下场。"

成功确实需要坚持,但前提是你坚持的是正确的方向。坚持错误的方向却始终不愿修正,不愿听从建议,一味坚持,那这种坚持只能把你引向失败。

有两只蚂蚁想翻越一段墙,寻找墙那头的食物。一只蚂蚁来到墙脚就毫不犹豫地向上爬去,可是每当它爬到大半时,就会由于劳累、疲倦而跌落下来。但它不气馁,一次次跌下来，又迅速地调整一下自己，重新开始向上爬去。另一只蚂蚁观察了一下，决定绕过墙去。很快，这只蚂蚁绕过墙来到食物的面前，开始享受起来；而另一只蚂蚁还在不停地跌落下去又重新开始。

　　正确的选择，引领万物，走向属于它的成功。人也一样，当你选择了一个不适合你的目标的时候，依然固执己见地一路走下去，认定自己一定是正确的，不是每一个人都是伟人，不是你喜欢的你就能从事，有些人喜欢把这种一意孤行的情绪归结为理想、情怀。可如果你的天分注定你到不了你认定的目标，为何不重新设定一个适合自己的路，继续走下去？走着走着也许不经意间一回头便会发现你已经站在了属于你的舞台，唱着最美的歌。希望每一个人都可以生活得快乐，人生并不是只有一条路可以走，当你觉得你的能力不能担负起你所谓的梦想时，换种心情，轻装上阵，走一条最适合你的道路，你的成绩也一定是耀眼而璀璨的。

心灵小语

　　成功需要天时、地利、人和。百分之一的天分加上百分之九十九的努力也可行，可最重要的是如何选择，正确的选择是促成成功的关键。自然界中的滴水选择了大海，那么它就会永不干涸，苍鹰选择了蓝天，那么它就成就了梦想。幸福感也是你考量自己现在生活的一把尺子，错误的方向不会让你有幸福感，你只会觉得无望又彷徨。理想是一定要有的，但是万一方向错误了呢？

你只须努力,剩下的交给时光

必须如蜜蜂一样,采过许多花,才能酿出蜜来。

时间是一个好东西,它可以隐去伤痛,积淀美好。一路走来所有的记忆,所有的快乐、悲伤都会经过时光的洗涤、打磨、雕琢、晾晒,变成一件件古朴、充满韵味的艺术品,虽然上面刻着深深浅浅的划痕,却依然让人爱不释手。而我们每一个人生来孤独,之后才能有亲情、爱情的守护。身边每一个愿意为你付出的人都是值得肯定的,应心存感激。在渐渐长大的时光里,我们也会遇见一个又一个的"骑士",但是不要盲目地去做选择,因为爱是需要时间去观察的,我们的匆忙只能给自己带来悔恨。所以在遇到选择的时候,用时间来检验一切,真正爱你的,会等待着你。

那些对你不是一心一意的人便会离你而去。

一株漂亮的红玫瑰，因为自己是花园里最美丽的花朵而感到骄傲，但是它发现人们总是站在远处欣赏它而从不靠近。原来，在它的旁边一直蹲着一只又大又难看的青蛙，红玫瑰非常生气，命令青蛙立刻从它身旁消失。青蛙顺从地离开了。没过多久，青蛙经过红玫瑰身旁，惊讶地发现它已经凋谢，叶子和花都已经掉光了。青蛙问："尊贵的红玫瑰，你看起来很不好，发生什么事情了？"红玫瑰答道："自从你走以后，虫子每天都在啃食我，我再也无法恢复往日的美丽了。"青蛙说："当然了，我在这里的时候帮你把虫子都吃光了，你才成为花园里最美丽的花朵。"

红玫瑰自命清高，认为青蛙蹲在花园里不仅一点用都没有，而且还影响了人们对自己的欣赏和赞美，便毫不客气呵斥青蛙快快离去。红玫瑰的这一举动，不仅伤害了青蛙的自尊心，而且也给自己带来了厄运。这个故事启示我们，只有互相尊重、互相关心、互相帮助，生活才会其乐融融，明天才会更美好。

单位里调来一位新主管，据说是个大能人，专门被派来整顿企业。可是日子一天天过去了，新主管却毫无作为，每天彬彬有礼地走进办公室，然后便躲在里面基本不出门，那些平日里无所事事只会钩心斗角的人现在反而更猖獗了。

"他哪里是个能人嘛！根本就是一个老好人，比以前的主管更容易糊弄。"

四个月过去了，就在人们为新主管感到失望时，新主管却发威了，将那些"蛀虫"一律开除，有才华有能力人却获得晋升。下手之快，断事之准，与之前四个月里毫无作为的他，简直就是判若两人。

年终聚餐时，新主管在酒过三巡时致辞："相信大家对我新到任期间的表现，和后来的大刀阔斧，一定感到不解。现在听我说个故事，各位就能明白了。我有一位朋友，买了一栋别墅，他刚一搬进去就把院子进行了彻底的整修，杂草树林一律清除，改种自己新买的花卉。一日，原来的屋主前来造访，进院门大吃一惊地问：'那最名贵的牡丹哪里去了？'我朋友才发现他把牡丹当草给铲了。后来他又买了一栋房子，虽然院子里杂草丛生，他却是按兵不动，果然冬天以为是杂树的植物，春天里开了繁花；春天以为是野草的，夏天里成了锦簇；半年都没有动静的小树，秋天居然红了叶，直到暮秋。他才真正地认识到哪些是无用的植物，而大力铲除，并使所有珍贵的草本植物、花卉得以保存。"

这时候，主管举起了酒杯："让我敬在座各位一杯酒，因为如果这个办公室是座花园，你们就都是其间的珍木，珍木不可能一年到头都开花结果,只有经过长期的观察才认得出啊!"

辩证唯物主义认为,物质决定意识,意识是物质的反映,它要求我们在工作中必须坚持一切从实际出发,使主观符合客观。该主管经过四个月的调查研究,最后做出"坏分子一律开除,能人则获得晋升"的决策,体现了一切从实际出发的道理。

心灵小语

承载着生命这条小船航行在生活的大海上,我们不知道它在什么时候保持平静又在什么时候要波涛汹涌。"相离莫相忘,且行且珍惜。"我们无法预知明天,唯有把握今天。这也许会是我们最好的生活方式。因为一切都终将会化作尘土,不变的唯有生命过程中的真情。

第三部分

我们终将给自己最好的安排

做一个最"糊涂"的聪明人

> 人生一世,糊涂难得,难得糊涂。活得过于清醒的人,反倒是糊涂的;活得糊涂的人,其实才是清醒的。

"难得糊涂"历来被推崇为高明的处世之道。该糊涂的时候就糊涂,就相当于给各种繁杂的事情涂上润滑油,使其顺利运转。有的时候糊涂也是让你能不钻牛角尖,该原谅就原谅,该忘记就忘记,放过别人也是放过自己。所有的人或事,都会随着时间的长河慢慢消融、遗忘、改变,于是你就得到了自己当初想要的答案。

我工作几年后,结识了一位社会阅历很丰富的长辈,他是一个做什么事情都慢悠悠的人,但是他有他独有的珍惜时间的理论。记得一次一个女同事因为流言蜚语感到委屈,整天无心工作,人也很颓废,长辈和她说:"我是一个很珍惜时间的人，因为人的一生就是那么几十年，去掉你成长的幼稚和老去的无奈，你真正把握人生努力奋斗也就那么三十多年，为什么那么在意别人的眼光和议论呢？如果有人在大街上骂我，我头都不会回，因为我根本不想知道他是谁，我要做的事情太多了，何必为这种令人不快的事情浪费时间呢？"

不知道那位小妹妹怎么想，我听了倒是很有感触，其实谁能在年少气盛的时候不在乎别人的看法和议论呢？这个无关自信或者不自信，也许真的要阅尽千帆，你才能知道自己要的是什么。当你在乎的人都爱你，你全然是幸福的，可能你会更早感受到这种心态上的改变。

我喜欢一句话："显山露水，不如藏锋守拙。"不要做一个夸张表现自己的人，你赢得了一时的掌声，却赢不了全世界，该糊涂时要"糊涂"。

君子要聪明不露，才华不逞，才有肩鸿任钜的力量。当你还不清楚你身边环境的时候，藏锋守拙，放低姿态，大事不糊涂，小事记清楚。

很多事情的成与败，都在于拿捏那个"度"。与人办事的时候，我们要因人而异，懂得怎样轻松达到预想目的，取得时效性，给别人留下办事能力很强的印象。在处理一些棘手的问题上，我们要既有原则性又要有灵活性，懂得什么时候需要冷处理，什么时候需要热处理，手起刀落，药到病除。

我们的人生还有情感角色的设定，有的时候是亲情，有的时候是爱情，包容别人的冲动，教会你爱的人担当责任，有的时候也学会"糊涂"，该放过就放过。人无完人，每个人都是独立的个体，我们要善于发掘每个人的优点，对待自己的亲人爱人，凡事都要热处理，把事情说清楚每个人都敞开心扉，之后便不要再提，给彼此留有余地，学做一个聪明人。

要对自己有要求，高标准地处事做人，既厚道又精明，我们不希望别人对我们做的，我们自己也不要做那些伤害别人的事情，也保护好自己，不要无谓受伤，还要注意一言一行，才能比别人更接近成功。

心灵小语

这个世界总是有那么一些奇妙的轮回。
一时的得意,总要由以后的失意来偿还;
一时的猖狂,也总会有以后的报应来弥补。
糊涂豁达一时,往往救赎自己一世。

别让别人的看法，挡住了你的光芒

活得轻松，任何事都做一个最好的和最坏的打算。

苛求自己，追求完美，是不能让自己快乐的。年轻的时候，什么事情都喜欢做到无可挑剔，买东西也是一定要买看着最漂亮的，买一个苹果都不能容忍它有一个极小的磕碰。后来随着年龄越来越大，自己也开始看开很多事，凡事都不再苛求。对自己的要求也不再那么极端，凡事顺应自然，那样我们能活得更洒脱畅快。

有一位画家自学画以来，一直都希望自己能画出一幅十全十美、任何人都无可挑剔的作品。

经过多年的揣摩，他终于完成了一幅作品。他带着这幅作品和一支笔来到市场口，请过往的人在他的作品中画出自己最不满意的一笔。一天过去了，他的作品上被画得乱七八糟，几乎每一处都被圈出来，表示被人认为是败笔。画家十分伤心，他没想到自己辛苦完成的作品竟然遭到这么多批评。

经过一夜的思考后，画家又带着作品的备份到了昨天的地方，请过往的人们拿笔指出他们认为最满意的一处。一天过去了，画家的作品上又被涂得乱七八糟，同样几乎没有一处不被标记。画家看着乱糟糟的画，心里十分舒坦。

他明白了一个道理：有人喜欢，也就会有人讨厌。根本没必要让每个人都喜欢自己的画。

我们是不是要学学画家先生呢？

追求完美的人，往往用成就来衡量自己的价值，强迫自己努力达到不可能的目标。结果，他们变得极度害怕失败，生活中充满沮丧、焦虑、紧张。工作效果、人际关系、自尊心受到挫伤，感受不到生活的快乐。

为什么会变成这样？很重要的一个原因就是，不能以正确和符合逻辑的态度看人生。

追求完美的人，最大的错误就是认为不完美便毫无价值。

追求完美的人害怕犯错，犯错后又做出过分的反应，不快乐便接踵而至。

他们的另一个误解就是认为"我永远都不能把这件事做

对",认为错误会一再重复。他们自怨自艾,却不曾自问能从错误中学到什么,而只是说:"我怎么能犯这样的错误?我绝不允许这样的错误!"自责的态度产生受挫和内疚的感觉,快乐就会与他们绝缘。

我们可以用反躬自问来抗拒追求完美的思想。想想自己犯过的错误,把从中得到的启示与教训列出来。敢于面对恐惧和保留犯错误权利的人,往往生活得更快乐和更有成就,千万别放弃犯错的权利。当然,追求完美无须冒着失败和受人批评的危险,但同时也会失去进步、冒险和充分享受快乐的机会。

心灵小语

当我们计划人生时,常被他人的意愿所左右,从而放弃初衷,努力去做别人眼里完美的自己,这是最大的不幸。别人无法代替我们去生活,我们也不要苛求自己,做一个不完美的人,也许更幸福。

无法喘息的时候断尾求生

得之，我幸；不得，我命。

如果把生活本身看作人生中最重要的事，何必耿耿于怀高薪和职位呢？鸟儿愿为一朵云，云儿愿为一只鸟，这个世界有太多想拥有得到的东西，认清方向调整心情开心过每一天。

凡事斤斤计较，活着会很累，有的时候不妨让自己转移注意力，给自己偶尔放个假，有的时候停一下脚步歇一会儿，不一定会比别人慢，重新上路效率会更高。

当觉得生活的压力让你无法喘息的时候，那就该学会给生活做减法了，你身边一定有太多原本无用却又要负担的压力，就像落叶每天都会掉落，今天无论你多么认真扫落叶，也不能将明天的落叶一并扫完。

一位博学的教授，一生育人无数，经常会有从前的学生回来拜访。这些回访的同学，参加了几年工作后，见到恩师，大都倾吐着生活与工作的不如意：上司很难搞、买卖不赚钱、妻子不贤惠、儿子不孝顺等等。

　　教授只笑不说话，走进厨房，为大家熬了一锅甜甜的米粥。学生们抱怨了半天，也确实饿了，看到教授拿出盛粥的碗，都惊呆了，不知道教授从哪里弄来那么多形状奇异、颜色各异、材质各异的碗。教授说："别看了，你们都饿了，赶快喝粥吧。"于是，大家纷纷拿起不同的碗盛起粥来。

　　教授见大家都喝完了，微微一笑，说："请你们看看自己手里的碗，再看看桌子上没有被选中的碗。"大家迷惑不解，不知道教授是什么意思。教授接着说："你们所有人都选择了颜色艳丽、形状突出、材质上乘的碗，而这只塑料碗却没有人选择，为什么呢？其实，你们需要的是粥，而不是碗。但是，你们偏偏很重视碗的质量，过多地把重心放到了不应该放的地方，把心思花到了不该花的地方。这样，哪还有心情去享受粥的美味呢？而你们现在所谓的烦恼又是不是自寻烦恼呢？"

　　这几天微信群特别活跃，刚放了几天假又开始上班，大家都不开心，觉得压力一下子又回来了，不断地有人吐槽工作、领导、同事之间的人际关系。如果只看这些人写的话，你会觉得他们都是一群很失败的人,工作不顺利,家庭也不顺心,其实却不然,他们每个人的生活和事业都安排得还算井井有条,只是每个人都将更多的心思放在了不好的事情上,身边的美好却来不及欣赏。

心灵小语

有的时候你会觉得每天很累很辛苦,但是请你知道,每一天都是新的,阳光是爱你的,雨水也是爱你的,也请你爱它们,因为它们都是自然的存在。不要自寻烦恼,你现在的一切都是你自己选择的,要爱请深爱。

珍惜自己，人生才有意义

生命中最有价值的事，莫过于生命本身了。

每一个人都是生而平等的，不论现在身在何处，你都是独一无二的，要相信自己的能力与价值，生活会给我们每一个人平等的机会。我们的生命也是无法用世俗的眼光来衡量的，珍惜我们的生命，因为生命的价值是无限的。在身陷困境的时候，我们容易否定自己，觉得自己没有别人优秀，所以我们才会这么失败。可是每一个成功的人都必须品尝失败的痛苦，然后才能厚积薄发，知道前进的路在哪里，如何避免再次失败，最后才到达成功。学会珍惜自己，给自己自信和勇气，你从来就不比任何人弱。

生长在孤儿院中的比尔，常常悲观地问院长：

"像我这样没人要的孩子，活着究竟有什么意思呢？"

"父母抛弃了我,上帝为什么还要我继续受苦?"

"人生是受苦的,那么生命的意义何在?"

院长总是笑而不答。

有一天,院长交给比尔一块石头,说:"明天早上,你拿这块石头到市场去卖,但不是'真卖',记住,不论别人出多少钱,绝对不能卖,你只是看看别人能给你开多高的价钱。"

第二天,比尔蹲在市场角落,很让比尔感到意外,竟然有好多人要向他买那块石头,而且价钱愈出愈高。回到院内,比尔兴奋地向院长报告。院长笑笑,要他明天拿到黄金市场去叫卖。

第三天,在黄金市场,竟有人出比昨天高十倍的价钱买那块石头。比尔十分奇怪,这么一块石头在黄金市场居然能卖出这样高的价钱。

最后,院长叫比尔把石头拿到宝石市场上去展示。结果,石头的身价较昨天又涨了十倍,再加上比尔怎么都不卖,那块石头竟被传扬成"稀世珍宝"。许多人都抢着要和比尔做个交易,非要买到这块石头不可。

比尔兴冲冲地捧着石头回到孤儿院,将这一切禀报院长。院长望着比尔,徐徐说道:"生命的价值就像这块石头一样,在不同的环境下就会有不同的意义。一块不起眼的石头，由于你的珍惜而提升了它的价值，被说成稀世珍宝。你不就像这块石头一样？只要自己看重自己，自我珍惜，生命就有意义、有价值。"

心灵小语

敞开心灵的栅栏,向所有人开放,于是你获得了整个世界。善待自己,懂得自己的价值,过一段时间你便会感觉到生活中的变化,身边的人尊重你,你自己的生活也会变得多姿多彩,得到更多机会,从而来改变自己的一生。没有变化的生活不一定是不好,自怨自艾自我否定是错误的,要试图改变自己的生活,来让自己变得更有价值。

知道并不等于能做到

反省是一面镜子，它能将我们的错误清清楚楚地照出来，使我们有改正的机会。

我们的习惯很多时候会给别人留下不好的印象，习惯和家教虽然有关系，但是更多的是后天对自己的培养，留意身边出色的人的言谈举止，你会发现很多值得你学习的闪光点。善于观察和反思，能给自己生活带来改变，这改变就是你进步的力量，但是很多人不知道自己的坏习惯在哪里，总是自认为自己非常优秀，于是忽略了自我反思的必要性。反思首先要立德，其次要明则，再次要悟智，最后要通情。立德是理念问题，明则是底线问题，悟智是方法问题，通情便是交流问题了。怎样掌握这些，全凭自己的理解，哪怕理解了一种，也是难能可贵了。

英杰是班里的尖子生，大学期间没少拿奖学金，更难能可贵的是，在学生会、社团组织都留下了他俊朗活跃的身影。

临近毕业时，一家外资企业到学校招聘，英杰从众多的竞争者中脱颖而出，过五关斩六将，杀入最后一轮：总经理面试。

英杰以为自己对于这个职位已经十拿九稳了，这轮面试只不过是走走过场罢了。一见面，总经理就表现出对他极大的热情。在一阵寒暄之后，总经理的手机响了："很抱歉，能等我一会儿吗？我有一点儿急事，要出去几分钟。"英杰点了点头，总经理就离开了办公室。英杰一人坐在偌大的办公室里，踌躇满志，得意非凡。他闲不住，就围着总经理的桌子看，只见上面文件一摞、信一摞、资料一摞。他好奇地看看这一摞，又翻翻那一摞，仿佛自己已经成了总经理。

15分钟后，总经理回来了。不等英杰张口，他就说了句："面试已经结束了。"

"可是，您一直都不在啊？我还没有和您详细谈呢。"

总经理笑了笑："让你单独在办公室里的时候就是对你的面试。很遗憾，你没有被录取，因为那些爱乱翻别人东西的人本公司从来不录用。"

一些看似无关紧要的习惯，关键时刻可能杀死你，而你自己还没意识到这竟是一种陋习。所以，平时要对道德准则和礼仪习俗有所了解，以免被陋习害死了还不知道自己错在哪里。这个故事的主人公就是基本的礼貌礼仪有缺失，便失去了一次很重要的机会。所以要经常反思自己每天做的事，有则改之，无则加勉。反思也是在锻炼大脑的消化能力，同时也在实现着吸收营养的功能。天下的好与坏、幸与不幸、快乐与痛苦，常常是一体的两面，一念之间的转换，就呈现截然不同的两个世界。而所谓的幸福，大部分取决于一个人的思想，能不能审视、醒悟而有所改变。要懂得透彻地自我反省，才能塑造有底气的价值。将自己藏在自负中，去隔绝更高的压力，那便只能停在被限定的阶段，无形中阻碍了前进的行程。那个刽子手，就是我们最熟悉的自己。

心灵小语

古人用"一日三省吾身""闭门思过""学而不思则罔,思而不学则殆"等典故,提醒我们通过反思这一内省方法可以加强个人思想品德修养、纠正言行缺失。让自己逐步形成自我反思的习惯,并在学习中自觉、积极地进行反思,从而自主提高综合素质,挖掘自己的潜能。

身边的花朵枯萎是因为你没浇水

人生最困难的事情是认识自己。

很多时候我们对社会会存在一些不好的看法,对一些人我们也觉得很厌恶,不想与之交往。但是不是也应该反省一下自己是不是也有很多别人不喜欢的缺点呢?凡事我们都要求别人这样,希望别人那样,自己却并没有什么改变。

在一个博士家附近住着一位富有的老妇人,老妇人很爱自己动手烤蛋糕,她时常叫自己的仆人送她亲手烤制好的蛋糕给博士。博士接受她的点心但从不给仆人任何酬谢。

一天,博士正忙着写东西,仆人冲进了他的房间,把书一扒拉,将一个包裹扔在书桌上,说道:"我的主人说这个送你。"

博士转过身来说:"孩子,东西可不是这种送法呀。现在,你坐在我的位子上,看看我是怎么送的,以后也要学着这个样子做。"

博士走出去,敲了敲门,等待回音。

仆人说:"进来。"

博士进了门,走到桌旁说道:"先生,我的女主人向您致以亲切的问候,并请您收下这盒蛋糕。"

仆人回答说:"谢谢你,我的孩子。代我向你的女主人致谢,这个小费是送给你本人的。"

博士笑了笑,从那以后,他再没忘记给仆人小费。

别人对你的敌意,当你不理解的时候,就该想一下是不是自己哪里忽略了什么,在什么地方是不是失礼了。别人对你付出自然需要回报,不要觉得所有的事情都是理所当然的。

一个老头坐在镇外,一个陌生人问他:"镇里住的是怎么样的人?"

"那你住过的那个镇上的人怎样呢?"老头反问道。

"非常可爱,我在那里开心极了。他们和善、慷慨、乐于助人。"

"这个镇里的人也差不多。"

另外一个人走到老头跟前问他:"这个镇里住的人怎么样?"

"你住过的那个镇上的人怎么样?"老头问。

"那是个可怕的地方。他们自私、刻薄,没有一个人愿意帮助我。"

"恐怕你会认为这里的人也是如此。"老头说。

一个人的人品道德有问题,那么在他的眼里身边的人都是自私、刻薄的人,不管换多少个环境都不能适应,依然会认为周围的环境很糟糕。所以当大家对你意见很大,多找找自己身上的问题,加以改正,也许情况就会改变。你关怀身边的人,身边的人会关心你的难处;你真诚地对待身边的人,身边的人就会变成你的朋友。

心灵小语

树上有一只很诱人的苹果熟了。因为太高,踮起脚都够不着,只好搬来木梯。就在我伸手欲摘的一瞬,苹果突然脱枝而落,摔在地上,啪——成了一团果泥。

这便是生活中所谓的无奈——眼看到手,却又失去。但不算白费力,至少,我知道了这只苹果不属于我。如果这时从木梯上下来,再去摘其他树上的也还不晚。

生命中任何一次探索,从本质上讲,都是成功的。

我们终将给自己最好的安排

即使断了一条弦,其余的三条弦还是要继续演奏,这就是人生。

也许你一直很相信自己,却被生活中的一次次失望所击垮,信心动摇,甚至自暴自弃不再对自己抱有希望,贬低自己的能力和价值。在这种境地的时候,你要自己给自己打气,坚持努力到最后,你要相信,你的努力值得所有成功,会拥有比预期更美好的结果,你要对自己说:"还有希望,再坚持一下……"

低头拉车,抬头看路。在人生的路上,每个人就像一辆车,要努力把这车拉稳拉好,不仅要低下头、铆足劲、出大力、流大汗,还要抬头看路,因为人生的路尽管漫长,但关键处就只有几步,这几步只有看准了、选对了、走好了,才能不走或少走弯路,不摔跤,不翻车,顺利到达人生的彼岸,相信自己有能力攀登到应有的高度。

一位老婆婆种的玉米长势喜人。就要到收获的时候了,一个个玉米伸长脖子盼望着老人来把它们带回家。那长得最饱满的玉米姑娘自信满满地说:"老婆婆肯定第一个带我走,因为我长得最好。"——玉米姑娘把早些被老婆婆带走当作一件很荣耀的大事。

收获的那天到了,老婆婆带走了很多玉米,唯独没有带走它。

多情的玉米姑娘想老婆婆明天会带它走吧。

可是第二天,老婆婆带走了玉米的其他姐妹,还是没带走玉米姑娘。

有些失望的玉米姑娘只好又把希望放在了下一次,并安慰自己:"明天,明天老婆婆就会来把我带走。"

可它又一次失望了。

日子一天一天过去了,玉米姑娘老了,很老了,它绝望了:"老婆婆肯定不要我了,我可能烂在这里了。"

可是,这时老婆婆来了,小心地摘下了它,并高兴地说:"这真是最棒的玉米,我要把它留下来,明年用它种出更多更棒的玉米。"

玉米姑娘终于等到了希望,明年它将儿女成群。

"未知生,焉知死?"我们在社会中应该尽到自己的义务，生活过得很好，那么就不要怕死后的事了。当我们努力坚持的事情，并没有按照我们预期的那样实现，而是遇到重重阻碍，很多人会选择放弃、也会为自己找很多理由让未来不后悔。如果看到别人在努力，也会以过来人的身份去告诫、劝说，将自己认为对的东西，强加给别人。生活中每一个人都有为之努力的目标，也会有人告诉你放弃吧，你看我也放弃了，努力坚持是没用的。如果遇到这样的人的话，希望你就当作是一阵风，让他随风而逝。

因为，就是因为有太多人放弃自己的想法放弃自己的价值，选择了逃避，才让成功显得那么难得而珍贵。成功者不仅需要智慧、机遇，更重要的是坚持，世界上每一个成功的人都是不放弃自己，坚定自己的信念，才能有所作为。

心灵小语

对人生而言,幸还是不幸,是可以由自己选择的。你选择了消沉,就选择了不幸的人生;你选择了积极,就踏上了幸运之路。

对生命、对世界充满了爱与盼望,那么我们就会发现,再大的不幸也没有什么大不了的,暴风雨之后,一定会出现美丽的彩虹。

第四部分

用温柔的方式
与未知相遇

缺少勇气，拿什么一往无前

真正的幸福绝不会光顾那些精神麻木、四体不勤的人。幸福只在辛勤的劳动和晶莹的汗水中。

一个人没有明确的目标，就像船没有罗盘一样，一个人懒惰成为习惯，也就不想再去改变。世间的贫穷大多是由于懒惰、贪图安逸、不肯奋斗造成的。如果一个人不愿奋斗，自甘过着贫穷的生活，那么就永远无法摆脱困境。

它们是一同出生的三只小鸟，也是一同飞出鸟巢打拼天下的同伴。

三只小鸟奋力地向上飞呀，飞呀，很快飞到了山顶。一只小鸟落在枝头，欢呼起来："看啊，青山绿水都被我们踩在脚下，山间的所有动物，连百兽之王老虎都只能羡慕地仰望我们。这里真是太棒了，能够在这儿生活，我们都应该知足了。"可另外两只小鸟却不这么想,它们失望地对它说:"我们还想到更高的地方去看看。既然你已经觉得满足,那你就留下来吧。"

两只小鸟奋力地向上飞呀,飞呀,很快又飞到了云端。有一只小鸟被眼前色彩斑斓的美景迷住了:"太了不起了,这是白云的上头啊,连天空都向我们低下头了。能够生活在这样的地方,我们都应该满足了。"

可另一只小鸟却不这么想,它难过地对它说:"你看看太阳,光芒万丈的太阳才是我的目标啊。看来,我只能独自前行了。"说完它奋力地向着太阳飞呀,飞呀,很快消失在耀眼的光辉中。

后来,住在枝头的成了麻雀,睡在云间的成了大雁,奔向太阳的成了雄鹰。

对任何人而言,懒惰都是一种堕落的、具有毁灭性的东西。懒惰、懈怠从来没有在世界历史上留下好名声。懒惰是一种精神腐蚀剂,因为懒惰,人们不愿意爬过一个小山冈。因为懒惰,人们也不愿意去战胜那些完全可以战胜的困难。

因此,那些生性懒惰的人不可能在社会生活中成为一个成功者,他们永远是失败者。成功只会光顾那些辛勤劳动的人。

若是一旦背上了懒惰这个包袱,就只会整天怨天尤人、精神沮丧、无所事事,这样对社会来说也只是一个无用的人,还是应该努力向上，小鸟飞向高空才能蜕变成雄鹰，人也一样，只有经历磨难考验，用勤劳和汗水去换来光明的未来。

一位探险家在森林中看到一位老农正坐在树桩上抽烟斗，于是他上前打招呼说："您好，您在这儿干什么呢？"

老农回答说："上一次我要砍树的时候，风雨大作，结果，那些树不用我费力就倒下了。"

"您真幸运！"

"你可说对了。还有一次，在暴风雨中，闪电把我准备焚烧的干草给点着了。"

"真是奇迹！现在您准备做什么？"

"这次我准备等一场地震，帮我把土豆从地里翻出来呢。"

这位老人的想法是不是很可笑呢？觉得前面几件"幸运"的事，可以让自己以后都不劳而获，于是开始漫长的等待，最后只能是一无所获，失望地接受和预期相差甚远的结果。有的时候我们也犯这样的错误，总是想着不付出就能得到回报，生活中每个人都会碰见幸运降临，但是幸运不是每天都会来到你身边，你必须勤劳努力，才能得到收获与回报。

心灵小语

　　世界上能登上金字塔顶的生物只有两种：一种是鹰；一种是蜗牛。不管是天资奇佳的鹰，还是资质平庸的蜗牛，能登上塔尖，极目四望，俯视万里，都离不开两个字——努力。缺少勤奋的精神，哪怕是天资奇佳的雄鹰也只能空振双翅；有了勤奋的精神，哪怕是行动迟缓的蜗牛也能雄踞塔顶，踏千山暮雪，觅万里层云。

不要拖延你的人生

拖延即偷窃时间。

太多的人做事喜欢拖拖拉拉，原因是多方面的，既有先天的因素，更多的是后天形成的。拖延是人性的弱点之一。弗洛伊德说过，人的心灵有追求快乐、回避痛苦的特点。

同样一件事情，心态不同结果就大不同。如果是一种积极的心态，做事效率就高，也不会感到枯燥、乏味。如果心态消极，那么做任何事情也不会有兴趣，这是本能的抵抗和拖延。

一位年轻女性在怀孕时，催促着丈夫买回了一些颜色漂亮的毛线，她打算为自己腹中的孩子织一身最漂亮的毛衣毛裤。可是她迟迟没有动手，有时想拿起那些毛线编织时，她会告诉自己："现在先看一会儿电视吧，等一会儿再织。"

等到她说的"一会儿"过去之后,可能丈夫已经下班回家了。于是她又把这件事情拖到第二天,原因是"要陪着丈夫聊聊天"。

等到孩子快要出生了,那些毛线还是像刚刚买回来时那样放在柜子里。丈夫因为心疼妻子,所以也并不问她。后来,婆婆看到那些毛线,询问儿媳要不自己替她织吧,可是儿媳表示一定要自己亲手织给孩子。只不过她现在又改变了主意,想等孩子生下来之后再织,她还说:"如果是女孩子,我就织一件漂亮的毛裙,如果是男孩就织毛衣毛裤,上面一定要有漂亮的卡通图案。"

孩子生下来了,是个漂亮的男孩。在初为人母的忙忙碌碌中,眼看着孩子一天一天地渐渐长大。很快孩子就一岁了,可是他的毛衣毛裤还没有开始织。后来,这位年轻的母亲发现,当初买的毛线已经不够给孩子织一身衣服了,她又去买了一团同样颜色的毛线回来,她下决心要织毛衣了。

当孩子两岁时,毛衣还没有织。

当孩子三岁时,母亲觉得毛线又不够给孩子织一件毛线衣了,只够一件背心了。

渐渐地,这位母亲已经想不起来这些毛线了。

孩子开始上小学了。一天孩子在翻找东西时,发现了这些毛线。孩子说真好看,可惜毛线被虫子蛀蚀了,便问妈妈这些毛线是干什么用的。此时，妈妈才又想起自己曾经憧憬的、漂亮的、带有卡通图案的花毛衣。

所以你要得到多少，就必须先付出多少。工作中，有美丽的愿望当然是好事，但一味空想，不但会一无所获，而且还会耽误了你的进取。拖延是人生的大敌，是一个温柔的生命杀手。

它让我们错失了很多人生的机遇，很多机会也许只有一次，错过了就永远不会再有。拖延的人不可信，一个拖拖拉拉的人，上司不会托付重要的任务给你，同事也不会将你当作可以值得信赖依靠的人。

心灵小语

拖延无处不在，它让我们处于自责内疚中，因为理智上明白什么时间应该做什么，由于没有达到这个要求，就会有强烈的自责。其实，拖延并不可怕，人人都有拖延的倾向，只是程度不同。只要认识到问题的症结，并以积极的心态对待，克服拖延也不是什么难事。

用温柔的方式与未知相遇

人生并不像火车要通过每个站似的经过每一个生活阶段。人生总是一直向前行走，从不留下什么。

大学的时候很喜欢到处玩，但是都会强迫自己做一个很详细的路线攻略，觉得那样才有安全感，但是总觉得旅途中少了一些该有的惊喜，很多都是自己预料到了的，甚至胡同里的一家名小吃，我从没吃过却略知一二。后来身边的一个朋友也出去旅行，但是从来不会与我一样做攻略查路线，直接给自己订一张去加拿大的机票，还是往返的，不能改签不能退票。我问她，路线查好了吗？酒店呢？自己一个人吗？

可是她却告诉我都没有，签证甚至还没办下来，就是想去就把票订了，反正一定要去，这些都不是事儿。就是啊，人生也不是炒菜，为什么一定要把所有菜都准备好再下锅呢？我突然也想尝试一下不做攻略，充满惊喜，甚至是惊险的旅程了。

从此，一发不可收拾，我爱上了这种头脑发热的旅行计划，知道那么多干吗，给自己留点惊喜多好。

朱德庸在漫画《准备》里说：

> 我还没准备好出生就出生了
> 我还没准备好上学就上学了
> 我还没准备好毕业就毕业了
> 我还没准备好上班就上班了
> 我还没准备好恋爱就恋爱了
> 我还没准备好结婚就结婚了
> 我还没准备好做爸爸就做爸爸了
> 我还没准备好老就已经老了

也许你没有做准备就开始了旅行，会遇到一拨一拨的黑车司机、黑心导游、扒手小偷，与之贴身肉搏。但我经历了，已变成勇士，内心的安全感比任何时候都要多，而时间的手一直在背后推着你走，如果你一定要等到万事俱备才出去想有一番作为，那你恐怕一直到老都是白纸一张。

现在已经8月了，又有一大批毕业生将进入社会，但是又有多少能真的闯出一片自己的天空的呢？你的所有准备在大学的时候就应该已经完成了，毕业了就要有勇气去迈向另一个身份，一个未知的工作岗位，促使自己适应新的生活，面对复杂的人际关系，迅速成长、积累沉淀。

如果等你全部都准备好了，时空早已变化，昨天的机会不再属于你，昨天的青春也早已消逝无踪。想到什么就去做什么，不管够不够资格。

今天你想去一个地方没有去，那你可能永远不会再有时间去了，或者当一个努力向上的机会在你面前，你觉得自己没有准备不敢应对，那你也永远失去了这个机会。

宁愿为做过的事后悔，也不要为再也来不及做而遗憾，做一个生活中的勇士，迈出那一步，比你想得要简单。

心灵小语

多年前有一个朋友喜欢跳舞,身为朋友曾为她着急,因为自己走着的路是所有学生常规的路,上高中,考大学,可是这个朋友却迷上了跳舞,没有高考,毅然决然地跳着,直到现在还在这条路上。她说:"若是我喜欢的,我就有勇气一直喜欢下去,有一天如果不跳了,一定是因为我不喜欢了,而绝不会有别的原因。"她一直很快乐,为梦想坚持着。

给自己一个理由去做想做的事情,为梦想,为未来,也许前路你还没准备好,但是不妨先去试一试,你会收获到比等待更耀眼的收获。

你眼中的好，也许会是别人眼中的恨

> 即使是一个智慧的地狱，也比一个愚昧的天堂好些。

A不喜欢吃鸡蛋，每次有鸡蛋都给B吃，刚开始B很感谢，久而久之便习惯了。习惯了，便理所当然了。

于是，直到有一天，A将鸡蛋给了C，B就不爽了。她忘记了这个鸡蛋本来就是A的，A想给谁都可以。为此，她们大吵一架，从此绝交。

看到这个小故事，突然想到自己的一个朋友Z，Z总是在当滥好人，他对于别人的请求或帮忙都会毫不犹豫答应下来，答应之后再去想办法怎么完成，以至于大家什么事情都习惯去找他，因为他都可以帮你办到。虽然结果可能不是你想要的，也可能没办成更焦头烂额，也可能草草了事后续出了问题，但是他总是会答应帮你。而他也总会要求你帮忙，有的时候朋友之间互相帮忙本来没错，但是你会慢慢发现他要你帮忙的事情都不是他自己的事，都是他揽下来别人的事情，渐渐地你也就不会再帮他做什么了。还有的人让他帮忙甚至成为一种习惯，一种不需要感谢感恩的帮忙，觉得 Z 的帮助是他自己愿意的，是理所应当的，如果他拒绝他就不是朋友，答应了我也不需要多感谢你，因为你不是一直都这样吗？你也不是只为我一个人做事，你还帮了别人，那帮我也是应该的。但是你小子要是帮了别人不帮我，那我只能和你断交了，因为你太不够意思了。

正如这篇的开头小故事一样，Z 的帮忙只是觉得你是朋友我愿意答应你来帮你，但是如果有一天我拒绝了你的要求，这也是应该的，因为朋友之间应该你来我往，不应该只是一方付出，毕竟谁也不欠谁是不是？现在的 Z 也醒悟了，这么多年一直在做滥好人，却也没有为自己积攒下什么，一直在做所谓的"好人"，不懂拒绝。

可是，当他需要帮忙时没人愿意帮他，好的朋友觉得他没有那么大本事却要答应帮忙，最后把事情办得不好觉得失望，慢慢不再信任他。而另一些不懂得感恩的朋友又觉得你帮了他，凭什么不帮我，一件又一件的事情要他帮忙搞定，不懂感恩。

一年又一年过去了，Z 醒悟了，开始拒绝别人的无理要求，当他开始拒绝，昔日兄弟全不见踪影，他开始陆续听到别人告诉他，他的兄弟在到处说他不讲义气，自私不肯帮助别人。很久以前我提醒过他，不要这样付出，真正的朋友不会这么无休止地利用你，要学会拒绝，给自己身边真正对你好爱你的人帮助和温暖，才是每天应该做的事。不知道对于他来讲现在改变还晚不晚？希望他早点明白自己的价值，我想他有的时候也是虚荣心在作祟，希望把自己塑造成一个无所不能的人，但是就算你拥有全世界，却牺牲了自己，将自己的生活变得面目全非，那又何必？

心灵小语

　　生活中你爱的家人，你亲近的朋友，需要帮助的时候你会奋不顾身吗？不妨在你想帮助之前先了解一下情况，你的帮助会不会换来大家想要的结果？如果他要你帮助，你就帮助，最后事情向相反方向发展，变成一个不好的结局，你的帮助就是错的，当事人不会感激你，周围的人可能会埋怨你。

　　只想告诉大家，人生没有固定答案，只有想做的选择。做一个智慧的好人，让大家信任你，不用去赢得全世界，就赢得你想要的人就够了。一个人的精力有限，请放在值得的事情上。

屏蔽是一种保护还是一种伤害

利器完不成的工作，钝器常能派上用场。

这几天在家看电视，电视里真人秀的一个明星说自己做什么都会有人骂，做什么都是错，有人劝她不要看这些信息，可是她还是会忍不住去看。这是一个很正常的心理，在我们知道一件事情对我们或许不利，但是已经发生时，还是会想去了解，哪怕心里会受伤，但更多的其实是在意别人眼中的自己。

我的朋友小Y，是一个表面懦弱但内心很有性格的人，善于沉浸在自己的世界中，屏蔽掉自己不喜欢的群体，不善言辞。她不喜欢的人和她说话时一句都不回答，觉得她非常没有礼貌之后那群人开始孤立她，渐渐学校越来越多的人都会远离她。有的人觉得她也许可怜，但是也有不喜欢她的理由，很多人都认为自己站在最后随波逐流，并没有伤害到谁，只是希望自己不是被孤立的那一个，只要离她远一些就好了，她只好越来越孤单。

　　冷暴力，顾名思义，它首先是暴力的一种，是指不是通过殴打等行为暴力解决问题，而是表现为语言的嘲讽、故意忽视、躲避、冷漠、轻视、疏远和漠不关心等，致使他人精神上和心理上受到侵犯和伤害。

　　其实我想说校园暴力有的时候并不是武力，冷漠孤立也是一种伤害。先不说施暴方的对错，但你不喜欢一个人的时候，你是不是真的要表现得那么明显？如果你现在已经迈入社会开始工作，一定会遇到你不喜欢的那一类人，甚至有的人会让你觉得厌恶不可理喻，但是请你理智地看待问题，当你讨厌一个人的时候，他的一举一动都会令你生厌，你会屏蔽周围的环境因素，脑中只会觉得这个人真的让人受不了，若是工作一旦和这个你讨厌的人有所交集的时候，再碰到一些矛盾问题，估计你会觉得要崩溃了。那这时候，有的人就会大吵一架，把自己心中不满和厌恶统统说出来，从此以后撕破脸皮。

　　最后的结果你觉得会是什么？那个人的不好大家都知道，没有一个人去说破，你说出来了，还说得头头是道干干净净，周围的同事不会去关心你的委屈，只会觉得你是个脾气暴躁、毫无城府、头脑简单的菜鸟而已。如果你初入职场希望你的领导赏识你，希望同事帮助你，那现在你就不要想太多了，你的形象已经和你讨厌的那个人差不多了，至少好不到哪里去。

身在职场什么样的人你都会遇到，但是你都要学会适应，找到一套自己与别人的相处之道尤为重要，这个相处之道人人不同，只能自己去摸索，唯一需要知道的就是不论这个人你有多厌恶，还是平心静气工作就好，完成自己的分内事，多看多学别人对待问题的方法，反思自己的问题，学做聪明人，少说话谨慎做事，不要屏蔽任何人，迅速成长起来。

心灵小语

　　一个人无论你多不喜欢，但是这个评价只是你单方面认为，初入职场不要轻易评价人，特别是这个人资格比你老。每个人都有自己的闪光点可以吸引不同的人，我相信每一个人都有自己的职场圈子，小心与一个人的矛盾可能会导致你被一群人孤立。你如果是一个职场新人，那就应该与人为善，多想想每一个人处理问题的角度，请换位思考，如果是你也不可能让每个人都满意。与人为善，理解万岁，做好本分，你能先做好这些就万事大吉了。

感情也要温故而知新

我们要做的,就是拉着彼此的手走到最后,其他的,交给命运。

爱情中最美好的感觉是,当我朝你看过去时,你已经在凝视着我。爱情中不需要计算,只需要真心付出,于千万人之中,遇见你所遇见的人;于千万年之中,时间的无涯荒野里,没有早一步,也没有晚一步,刚巧赶上了,并且纵然世间任我挑,但我的选择仍是你。

一个男人和女人喜结连理,举行了一场隆重盛大的庆典。

新娘一身雪白的婚纱,光彩照人;新郎一身黑色礼服,英气逼人。婚礼的每一个环节都很感人,大家都能看出来,他们彼此相爱是出于真心。

几个月后,妻子向丈夫提出了一个建议:"我刚才在杂志上看到一篇文章，说教我们如何能巩固我们的婚姻，让我们可以各自列出对方让自己感到有点生气的缺点或事情，然后商量一下看看如何解决，这会使我们的生活更加幸福，好不好？"

丈夫表示同意。于是他们各自到自己房间里思索对方的缺点，那天剩下的时间里，他们都在想这个问题，并把想起来的事情写了下来。

第二天早上吃饭时，他们决定仔细看一下对方写的清单。

"我先来吧。"妻子主动说道。她拿出自己列的单子，上面写了满满3页。她开始念丈夫那些小毛病时，注意到丈夫的眼里隐忍的泪水。

"怎么了？"她问道。

"没什么，继续念你的单子吧。"丈夫答道。

妻子接着念，直到对着丈夫念完3张纸后，才把单子整齐地放在桌子上，两手交叉放在上面。

"现在，你念自己的单子吧。你念完后，我们来谈谈双方单子上列的那些事情。"妻子开心地说道。

丈夫平静地说："我在单子上面什么也没写，我认为你现在非常完美，我不想让你为我做什么改变。你可爱迷人，我不想设法改变你的一切。"

丈夫的包容和对她的深情感动了妻子，她转过头，哭了起来。

生活中很多时候，我们都会感觉失望、苦恼、不理解，特别面对你爱的人和爱你的人的时候，这种情绪就努力化为包容吧。不同的成长环境，造就每个人不同的性格，当我们要求别人为我们改变时，何不想想我们自己的问题是不是也是存在的？

当爱你的人选择理解你的一切，爱你一切的不完美时，请紧紧抓住这一刻的幸福，因为恍惚之中，生命正在流逝。

心灵小语

  一幅风景画中,有耀眼的阳光、清新的树林、潺潺的流水、娇艳的花朵,这些是大自然中的一切,各自有各自的样子和特色,无须去改变和盲从。懂得欣赏的人会驻足欣赏,收获到一分快乐和幸福。要认真活出自身的灿烂和美好,这是每一个生命个体最基本的追求。

那些意见，你不用洗耳恭听

我能坚持我的不完美，它是我生命的本质。

每个人的喜好是五花八门的，你做的事情也不是都完美的，不可能所有人都喜欢你，就像你也不会喜欢身边的所有人。

有一个很老的故事，寓意却深刻。

父子俩进城赶集。天气很热。父亲骑驴，儿子牵着驴走。

一位过路人看见这爷儿俩，便说："这个当父亲的真狠心，自己骑驴子，却让儿子在地上走。"父亲一听这话，赶紧从驴背上下来，让儿子骑驴，他牵着驴走。

没走多远，一位过路人又说："这个当儿子的真不孝顺，老爹年纪大了，不让老爹骑驴，自己却悠哉地骑着驴，让老爹跟着小跑。"儿子一听此言，心中惭愧，连忙让父亲上驴，父子二人共同骑驴往前走。

走了不远，一个老太婆见了父子俩共骑一头驴，便说："这爷儿俩的心真够狠的，那么一头瘦驴，怎么能禁得住两个人的重量呢？可怜的驴呀！"父子二人一听也是，又双双下得驴背来，谁也不骑了，干脆走路，驴子也乐得轻松。

走了没几步，又碰到一个老头，指着他们爷儿俩说："这爷儿俩都够蠢的，放着驴子不骑，却愿意走路。"

父子二人一听此言，呆在路上，他们已经不知应该怎样对待自己和驴了。

很多朋友向我倾诉，说自己的生活一团糟，怕自己生活得不如别人好，甚至不敢去和朋友聚会，怕别人在背后议论笑话她。人生苦短，及时行乐，如果你自己都觉得自己不如别人，那还会有谁看得起你呢？人生的目标不应该是用金钱来衡量，要兼顾亲情和爱情的美满才是幸福。也许有一天你看到你的朋友某一方面强于你，但是你要知道，你一定有一个地方胜过他，学会抓住生活的幸福，你才不会一直自怨自艾。开心地过着每一天，哪怕没有成功的事业，这一生你又有什么损失呢？

在现实生活中，你是不是也很在意别人的言论呢？但是你无法让所有人都满意，所以尽心做好自己就行了，别过分在意别人的看法，那样容易适得其反，弄得一团糟，也没人会为你的损失埋单。

　　一个皇帝有无数的言官，每次征兵打仗等大事的时候都会征询意见，一百个人会有一百个意见。可是一个好皇帝却会果断做出一些当时看起来有些武断错误的决定，当事后证明是成功且有效时，一部分当初支持皇帝的言官就会说，你看皇帝都是听了我的进言才做出这么英明神武的决定。可是当一个皇帝没有自己的主意，在言官的进言中左右摇摆时，他就离亡国不远了，若亡国了，那只能是因为他自己的判断错误。言官是没有责任的，他只是负责进言，对于他说的任何话只能皇帝自己去甄别，如果听信谗言，结局多惨也只能皇帝自己埋单。

　　你无论做什么，总会有一部分人不满意，甄别那些对你有用的话，洗耳恭听，而那些充满恶意的议论，不如就当作路边的石头，踢走就好。有些东西在一部分人的眼里是丑陋的，但是在另一部分的人眼里恰恰是美丽的，努力让一部分人满意就够了。

心灵小语

　　人与人的差距是很明显的,只不过有的人只看到自己的缺点,而看不到自己的优点。只有那些聪明人才会对自己有一个全面的认识,并且学会扬长避短。

不要把时间浪费在犹豫上

> 犹豫不决是以无知为基础的。

如果你喜欢,那就去争取得到;如果你欣赏,就去表达内心的想法。在有限的生命过程中,不留遗憾地做你想做的事。风起于青萍之末,不积跬步无以至千里。抬头望天,观宇宙而晓自性;低头观心,观自己而知天下。不要把时间浪费在犹豫上,而用在争取上。

有一位知名的哲学家,天生一股特殊的文人气质。一天,一个美丽的女子来敲他的门,她说:"让我成为你的妻子吧!错过我,你将再也找不到比我更爱你的女人了。"

哲学家虽然也很中意她,但仍回答说:"让我考虑考虑!"

事后,哲学家用他一贯研究学问的精神,一一列举结婚和不结婚的好处和坏处,发现好坏均等,他懊恼不已,不知道如何做出抉择。

于是,他陷入长期的苦恼之中,迟迟不能选择。

过了很久,他得出一个结论:人若在面临抉择而无法取舍的时候,应该选择自己从未经历过的那一个。

他想:不结婚的处境我是清楚的,但结婚会是个怎样的情况我还不知道。对!我该答应那个女子。

哲学家来到女子的家中,问她的父亲说:"你的女儿呢?请你告诉她,我考虑清楚了,我决定娶她为妻!"

女人的父亲冷漠地回答:"你来晚了,我女儿现在已经是三个孩子的妈了!"

哲学家听了,整个人几乎崩溃,他万万没有想到,向来自以为傲的哲学头脑,最后换来的竟然是一场悔恨。

三年后,哲学家抑郁成疾,去世前将自己所有的著作丢入火堆,只留下一段对人生的注解:

> 如果将人生一分为二,
> 前半段的人生哲学是"不犹豫",
> 后半段的人生哲学是"不后悔"。

也许你曾经买了一个很喜欢的东西却舍不得用,郑重地存放在抽屉里。许久之后,当你再看见它的时候,却发现它已经过时了,你已不再喜欢。

所以,你就这样和它错过了。

没有在最喜欢的时候穿上的衣服,没有在最可口的时候品尝的蛋糕,就像没有在最想做的时候去做的事情,都是遗憾。

生命也有保存期限,想做的事该趁早去做。如果你只是把你的心愿郑重地供奉在心里,却未曾去实践,那么唯一的结果就是与它错过。

心灵小语

珍惜每一段时间,不要让它在手中悄悄地流逝后,蓦然回首才发现,浪费了那么多的时间却没有结果,人生就好比路一样,选错了还有很多路可走,但是时间过去了就不会再回来。在这个属于我们的时代奋斗起来,即使没有多大成就,毕竟我努力过、奋斗过,这一生值得了。

第五部分

不是每个秘密
你都要知道

赢得胜利还是赢得自己

世上四分之三的要求都是不切实际的,是建筑在幻想、唯心、希望和感情的基础上的。

我们会为了生活的压力去做很多我们本不愿意做的事情,似乎每个人的生活都有很多强加的东西,总希望自己能够达到心中的目标,然后就可以轻松一些,可是我们却忘记自己的本性,遇到选择的时候,我究竟应该遵从内心,做一个自己喜欢的人,还是为了目标不择手段呢?可是,时间有的时候会检验你选择的对与错,不择手段的背后不一定会是你想要的结果,我想……凡事都应该不求辉煌,但求无悔吧。

老鼠在上帝身边待久了,听说凡间的动物经常互相争斗,很想去看个究竟。它向上帝请求到凡间做一只普通的动物。

上帝对老鼠说:"你想到凡间去我不反对,但咱们必须有个约定:下凡间做动物时,你必须战胜它们中最强大的动物——大象,才能回到我身边来。否则,你就只能永远留在凡间了。"

老鼠想:"我在上帝身边见过那么多的世面,而它无非只是凡间的一头大象而已,没什么了不起的。"于是爽快地答应了上帝的条件。就这样,它来到了凡间做了一只老鼠。

老鼠在大地上晃悠,目睹了动物们为生存而互相残杀、弱肉强食的现象,大为震惊。这危机四伏的世界它一天也不愿意待下去了。回想起那终日享受优厚待遇的天上世界,它后悔了,决定尽快回到上帝身旁。它到处寻找大象,准备与之决斗战胜它。

但当它一见到大象时,立刻被吓蒙了。大象向它走来,犹如泰山压顶;大象离它而去,又似排山倒海。

老鼠急忙躲闪,魂不守舍。

它悔,悔不该当初这么轻率地向上帝承诺;它恨,恨自己为什么在上帝身边那么久,却没学到真本领;它痛,痛心自己放着幸福日子不过,却来这里担惊受怕。

痛定思痛,必须面对现实。

它跟踪大象许多日子,分析了敌我双方的情况:与大象决战，对手那么强大，自己这么弱小，正面作战必死无疑，必须迂回作战，攻其死穴，从大象的鼻子钻进去，用自己的身躯堵住大象的气管，使它无法呼吸，就能战胜大象。

作战计划制订后，老鼠开始行动了。它埋伏在树枝上，趁大象吃树枝时钻进大象的鼻子里，并快速向大象的气管钻去。

大象顿时觉得奇痒难忍，猛地打了个喷嚏。老鼠只觉得天旋地转，被射到高空后摔到地上，一阵钻心的疼痛，半天都没缓过气来。

大象心想：我与你小老鼠无冤无仇，你竟然来偷袭我，你这损人不利己的家伙，真可恶。

从此，大象一见到老鼠就用大脚踩，用鼻子含着沙子射它。老鼠见到大象总是躲得远远的。

谁承想，这天大象不小心落入了猎人设下的猎网中，它耗尽了力气也无法挣脱那张网。大象越来越虚弱了。这时，老鼠刚好路过撞见了，机会难得，老鼠立即调整了策略，想在大象的几个要害部位咬开几道口子，这样它很快就会没有命的，如此就能战胜大象了。

正当老鼠要采取行动时，它看到了大象可怜的样子，顿时产生了恻隐之心，不忍心再伤害大象了，于是开始了营救行动。

不知努力了多久，也不知道老鼠的牙齿咬断了几根、磨短了几根，那张巨网终于被咬出了一个大洞，大象也尽最后的力气配合着行动。终于，大象从网中挣脱出来。

从此，大象和老鼠结为好朋友。它们在互相帮助中增进了友谊。

不久，上帝派使者来向老鼠祝贺，请它重返上帝身边。

老鼠说："我没战胜大象，我无法战胜大象。"

使者说："你将对手变成了朋友，这才是最完美的胜利。"

心灵小语

要成功就一定要学会做人。但是，实际生活中每个人都是争强好胜的，怕主动退步丢了面子。其实，这一步退出的是个人的魅力和精神，谁先退一步谁就赢得了尊重。从另一个角度说，成功的道路上多一个敌人不如多一个朋友，与其敌对，不如将他们变成共同奋斗的朋友。

不是每个秘密你都要知道

> 恋人的秘密不可叫对方全部探了去。

好奇心是潘多拉魔盒，满足它便会播下滋生灾难的种子，有的时候，聪明的做法是将它牢牢锁住，很多事情你知道了，反而因为自己不能接受真相，而影响生活在身边的人。

在结婚 10 年的时候，她发现了丈夫的外遇。那时候，丈夫的事业越做越好，家里有了 100 多平方米的房子，有了可以代步的车。女儿 7 岁，刚刚上学，很乖，很聪明。她就安心地做着贤妻良母，偶尔会和朋友小聚，但永远保证在丈夫和女儿回家之前做好可口的饭菜。日子平淡、舒坦，原以为可以这样直到永远，没想到，竟然让她发现了意外。在和朋友聚会的时候，在陌生的街头发现了熟悉的车子，车子上走下来陌生的女人和熟悉的丈夫。那两个人的表情，分明早已情投意合，缠绵悱恻。当时只觉得天崩地裂，她努力压抑着没有冲上去问个究竟，匆匆找了个借口离开。回到家里，她并没有哭泣，只是在房子里转来转去，摸摸窗户，摸摸沙发，摸摸女儿的照片。10年的时间，可以改变从前的山盟海誓，当年的热烈转眼就成了冰凉。可是，生活还要继续，难道让孩子在即将建立人生观的时候面对父母的争吵与离异吗？不能！最重要的是，她舍不得这个辛苦建立的家，舍不得他，舍不得自己对他的爱。就当作没看见吧，就当作没发生吧。

这样隐忍的日子过了一年左右，事情发生了变化：他开始正常回家，开始给女儿辅导功课，开始在半夜悄悄地钻进她的被窝……她想，也许是分开了，这么快就自生自灭了，他还是回到了自己的身边，于是也格外配合。日子又恢复了从前的样子，不再有伪装的快乐，只剩下真实的幸福。

那个女人仿佛不甘心，经常有电话打来。起初她不说话，那女人也不说，等着对方开口。后来那女人终于忍不住，说："你不想知道我是谁吗？"她回答："我早已知道你是谁！"那女人又说："你难道不想知道你老公与我曾经多么恩爱缠绵吗？不想看看我们曾经的爱巢吗？不想看看我们的情侣内衣吗？"句句话都打在她的心头，句句话都刻在她的心上，像最锋利的刀子。她努力使自己的声音和动作都很轻柔，轻描淡写地说："不想。反正，他已经回来了，这就够了。"对方沉默半天，电话挂了。以为这样可以结束，却在不久后收到陌生的邮包。她知道里面装的什么，收到的瞬间还是想打开看看的，到底当年的外遇是如何风月，到底……但她最后还是忍住了，像当年忍住了没问一样。她知道，这是最后一道防线，守住了，就见月明。于是，邮包被束之高阁。

又过了几年，生活更好了，要换更大的房子了。搬家的时候，丈夫发现了邮包要打开，她没拦着。眼见着丈夫的脸青一阵、红一阵，就假装没看见。久久沉默后，他投来问询的、歉意的目光，她却笑了，问："晚上想吃什么？出去吃好吗？"接着，是一个宽容的拥抱，而日子终于顺风顺水地过下去。后来的日子，她庆幸自己的选择，有些秘密，知道了也假装不知道，反而更好。

心灵小语

不论是恋爱还是婚姻,在发现第三者的时候,要洞悉一切却在可能挽回的情况下做出努力尝试,但是这需要看对方是不是能悔过。如果是一个坚决离开你的人,那么就放手,不要让别人毁了你的人生,当你觉得你现在拥有的不够好,那是因为有更好的在等待着你。

撞进现实,也别毁三观

自我控制是最强者的本能。

错误的价值观会导致一个人走入歧途,这个世界上每一天都需要我们去奋斗,如果只一心想走捷径,沾染上了赌博,那后果不堪设想。赌博的人贪欲太多,一旦步入了错误的生活,也许一开始你会不劳而获尝到甜头,但是有一天当你停不下来时,你会被悔恨、孤独、伤感所占据。你回过头才发现,你浪费了大好青春,赌上了自己的前途,赌了一个注定不赢的赌注。

生活对每一个人都是公平的,不要羡慕别人的浮华,因为你看不到浮华背后的痛楚;不要不屑别人的艰辛,因为你不曾发现艰辛背后的小幸福。我们来到这个躁动不安的世界,其实都是在修行,冷暖自知。可能暂时会有乌云密布、暴风骤雨,一时看不清前行的路,停下疲乏的脚步稍作休息,也许前面风景独好。

农夫和赌徒走进同一家餐馆,每人挑一张桌子坐下来。赌徒点了一桌子菜,要了一瓶酒和一笼蒸包。一瓶酒喝光了,一笼蒸包吃了两个,一桌菜,有的动了几筷子,有的一筷子也没动。赌徒的肚子撑得像个大西瓜,他把几张百元钞票往服务员的盘子里一放,起身就走。服务员叫住他:"先生,请稍候,还要找你钱呢!"赌徒打了一响指,说:"不用找了。就算你的辛苦费吧!"

农夫点了一菜一汤一碗米饭。菜吃光了,汤喝光了,最后剩下一团米饭,他把它倒进菜盘里,盘子里的油被蘸得干干净净。把最后一粒米送进嘴里,农夫叫道:"服务员,两块钱您还没找我呢。"

苏格拉底和他的学生把一切都看在眼里。

学生说:"这个农夫太小气了。瞧,那位先生多大方!"

苏格拉底说:"农夫的钱里有血汗,那个人的钱里有什么?"

不义之财,来得快,散得也快,我们要靠我们的双手去创造财富,自己辛苦付出得到的才会倍加珍惜。赌徒的钱是不劳而获的,长久以往这种懒惰、侥幸会占据他的心,也许有一天会尝试去努力赚钱,但是感觉到一点辛苦之后便会放弃，觉得这样辛苦赚钱太慢，这样的人后面的人生是很可悲的，悲凉的结局也是可预见的。

　　让自己有足够的正能量，一刃都是积极向上的，活得自在，活在当下。不要乞求太多，虽然做起来并不轻松，但有时因为乞求得太多，我们的人生才不完美，我们才会不幸福。其实，所有的不幸都是来源于我们想要的太多了，才想要不付出努力就能收获。

心灵小语

　　在这个世界上，每一个人都有失望和不满的时候，因为我们的生活不可能是一帆风顺的。同时我们是人，不是神，我们都有七情和六欲。当我们的希望没有实现，或是我们的欲望没有得到满足的时候，我们是怨天尤人呢，还是破罐子破摔呢？其实如果我们的希望没有实现，或是我们的欲望没有得到满足的时候，我们应该坐下来，仔细地想一想，我们为什么一定要有不满、失望？难道我们就不能少一点欲望，多给自己点快乐吗？

如何化解生活中的矛盾

对立在每一时刻都重新产生，又在每一时刻被消除。

生活中处理和化解矛盾与冲突，必须有一个正确的态度。要以坦诚的态度对待矛盾，把事情真相与自己的观点清楚地展示给对方，让对方理解。做到实话实说，不遮遮掩掩。以包容的胸襟处之，以自己想被对待的方式对待他人，多从别人的角度看问题。

飞机起飞时，一位乘客想要杯水服药。空姐很有礼貌地说："先生，为了您的安全，请稍等片刻，等飞机进入平稳飞行后，我会立刻把水给您送过来，好吗？"一刻钟过去了，飞机早已进入了平稳飞行状态。突然，乘客服务铃急促地响了起来，空姐猛然意识到：糟了，由于太忙，她忘记给那位乘客倒水了！空姐连忙来到客舱，小心翼翼地把水送到那位乘客跟前，面带微笑地说："先生，实在对不起，由于我的疏忽，延误了您吃药的时间，我感到非常抱歉。"这位乘客扬起左手，指了指手表说道："怎么回事，有你这样服务的吗？你看看都过了多久了？"空姐手里端着水，心里感到很委屈。但是，无论她怎么解释，这位挑剔的乘客都不肯原谅她的疏忽。

接下来的飞行途中，为了弥补自己的过失，空姐每次去客舱给乘客服务时都会特意走到那位乘客面前，面带微笑地询问他是否需要水，或者别的什么帮助。然而，那位乘客余怒未消，并不理会空姐。临到目的地时，那位乘客要求空姐把留言本给他送过去，很显然，他要投诉这名空姐。此时，空姐心里虽然很委屈，但是仍然不失职业道德，依然非常有礼貌而且面带微笑地说道："先生，请允许我再次向您表示真诚的歉意，您提出什么意见，我将欣然接受您的批评！"那位乘客看起来似乎想说什么，却没有开口，他接过留言本，开始在本子上写了起来。

飞机安全降落，所有的乘客陆续离开后，空姐打开留言本，惊奇地发现，那位乘客在本子上写下的并不是投诉信，相反，是一封给她的表扬信。信中有这样一段话："在整个过程中，你表现出真诚的歉意，特别是你的12次微笑，深深地打动了我。使我最终决定将投诉信写成表扬信！你的服务很好，下次如果有机会，我还将选择乘坐你们的航班！"

　　沟通、协调要及时，善于询问与倾听，努力去理解别人，这些都是生活和工作中需要掌握的技巧。还必须认识到：冲突是不可避免的，这是人的天性。即使没有外界的干扰，我们自己内心也会出现冲突。所以要有好的心态去处理问题，你只要尽力了就会收获不一样的结果。

心灵小语

很多矛盾是双方的问题，化解矛盾需要彼此主动。你需要有忍耐性，还要认识到生气是一种正常情绪，与人相处要培养谦虚精神，这样也可以有效避免矛盾的产生。人与人是不同的，每个人都有其独特性，有自我独特的爱好、追求、性格，甚至怪癖。所以，理解不同、允许差别、包容相异是消融和化解人际矛盾最好的方式方法，做到了这一点，就会营造出一个亲密无间、融洽无比、相辅相助的人际关系。

异地恋要为对方减少选择

也想不相思,可免相思苦。几次细思量,情愿相思苦。

因为学业、工作、爱情,不少情侣不得不选择分居两地,甚至相隔千里、远隔重洋地演绎异地恋的种种心酸和无奈。然而,大多数人是为了生活所迫而分居,饱受相思之苦。

其实,异地恋是一把"双刃剑",在恋爱刚开始的阶段容易误导恋人做出错误的判断,但在稳固的异地恋中却可以帮助彼此对抗孤独。尽管现在网络通信很方便进行异地恋,但真人见面之后还能不能继续良好的发展才是"王道"。

科技进步给异地情侣提供了方便的联系,但缺乏面对面的沟通,意味着脱离实际,两个人都会把对方幻想得很完美,短暂的相聚更念念不忘对方的优点,忽略掉对方的问题,让人误以为找到了生命中的"真爱",以为电话聊天、假期见见面就是幸福的爱情。

在决定异地恋时，你要知道，异地恋需要的是勇气，一种敢于挑战现实的勇气，能够承担任何风险的勇气，要能够坦然面对失败。现实是一股强大而又无形的力量，谁都无法预计将要发生的状况，虽然我们可以拿出勇气来与这股力量抗衡，我们也可以拿出勇气来接受失败的结果，失恋也没什么大不了。

在异地没有恋人的相伴会很容易让人产生一种心理上的孤独，而这种孤独会勾起内心的渴望。只有绝对的忠诚才能抵挡住来自花花世界的诱惑。忠诚是对感情的尊重和对自己的尊重，也是一种高尚人格的提炼，更是一种道德和一种责任。觉得自己能做到忠诚尊重对方的感情时再开始异地恋吧。

异地恋会给对方一种遐想的空间，同时也让对方产生一种不安全感，有时对方会胡乱猜疑，而爱情往往在这些猜疑中慢慢地被消磨殆尽。因此，信任也是情人之间互相尊重的体现，建立信任是巩固异地恋最行之有效的方法。而缺乏信任的爱情，不只是异地恋，就算是天天见面的恋人也会在彼此的猜疑中感情渐渐变得不堪一击。

而理解又是建立在信任的基础上的，没有信任就不用谈理解，不要因一方工作的繁忙或者其他事情的缠绕没有及时联系你而大发雷霆。要知道，现实的压力和繁忙不会让任何人轻松过活，要尽量克制自己的情绪，学会理解对方，体谅对方的辛苦，不要在对方疲惫的时候火上浇油，去质问他去为难他，要在精神上做对方的支柱。理解就会成为两人感情升温的调节器，彼此的心也会越来越贴近。

有的时候除了时空带来的距离，心理上的距离也不能忽视，时常沟通，了解对方的生活以及周围的人，是维系感情并拉近距离的最好方式。不当的沟通会让距离变成妨碍感情发展的祸根，而适当的沟通则可以让距离变成一种动力。所以人与人的沟通不管是工作还是生活都是门艺术，更是门学问。

当双方开始异地恋的时候，应该共同锁定一个目标，而不应该任其发展，其实异地恋最终的目标应该是创造共同生活的条件。因为相爱的人如果始终不能一起生活，时间会是最大的敌人，都会觉得对方的世界越来越遥不可及。并蒂的莲花终是要生长在同一片泥土里，既然相爱就要相守。不论如何，都应该全力争取，这才是最终的目的。

心灵小语

在这个世上还有这样一群人，他们的爱情隔着千山万水，他们承受着旁人无法理解的痛苦，只因为他们知道在那个遥远的城市里，有着自己想要的幸福和深爱着的人。他们不能陪对方逛街，只好把思念一次一次地寄过去，他们在对方难过时，只能用苍白的短信给予安慰；在对方无助时，只能手里握着电话努力地听对方的呼吸和哭泣的声音，用自己温暖的心渴望温暖另一个无助的灵魂。

争取鸡腿还是守好鸡肋

非经自我发奋所得的创新,就不是真正的创新。

一个木匠做得一手好门。他给自己家做了一扇门,他认为这门用料实在,做工精良,一定会经久耐用。

过了一段时间,门的钉子锈了,掉下一块板,木匠找出一颗钉子补上,门又完好如初。不久又掉了一颗钉子,木匠就又换上一颗钉子。后来,又有一块板坏了,木匠就又找出一块板换上。再后来,门闩坏了,木匠又换了一个门闩……

若干年后,这扇门虽经无数次破损,但经过木匠的精心修理,仍坚固耐用。木匠对此甚是自豪:多亏有了这门手艺,不然门坏了还不知如何是好。

忽然有一天,邻居对他说:"你虽然是木匠,但你看看你家这门的样子！"木匠仔细一看，才发觉邻居家的门一扇扇样式新颖、质地优良，而自己家的门又老又破，满是补丁。木匠明白了，是自己的这种手艺阻碍了自家"门"的发展。

　　学一门手艺很重要，但换一种想法更重要。行业上的造诣是一笔财富，但也是一扇门，会关住自己的思维。面对全新变化全新的世界，要有勇气、有决心打破关住自己的这扇"无形门"，及时反思和提升自己的"手艺"，这样才能更多看到外面美丽的风景。

　　毛毛虫有一种天生的习性，就是第一只到什么地方去，其余的都会依次跟着走。它们整整齐齐排成一行，后边的一只跟着前面的一只，不论前一只怎样地打转或歪歪斜斜地走，后面的都会照它的样子做一样的动作。这是因为第一只毛毛虫边走边吐一条细丝，第二只毛毛虫就踏着这条细丝前进，同样也会吐一条细丝加在上面，以此类推就成了一条毛毛虫大道。

　　每一队毛毛虫不管队伍长短总有一只做首领。为什么能做首领这完全是偶然的，不是大家选举的，也不是由谁来指定的。今天可能是这只，明天可能是那只，没有一定的规则。

　　有一位生物学家做了个有趣的试验。他把十几条毛毛虫放到花盆的边上，花盆的四周布满了菜叶，花盆的中央是一株枝叶茂盛正在盛开的鲜花。毛毛虫队伍形成了一个封闭的圆环。它们自动地等距离分布，速度相同，步调一致，就像一队训练有素的士兵绕着花盆边沿做起了匀速圆周运动。

一小时过去了，两小时过去了，三小时过去了……它们的队伍还是那样严紧，没有一只掉队的，也没有一只偏离轨道的。它们走得那样认真、那样整齐真让人称奇。八个小时过去了，它们可能是太劳累了，前进的速度有些放慢，队伍开始走走停停。晚上天气逐渐变凉，又饥又渴的毛毛虫们只好停顿下来卷作一团昏昏欲睡。

第二天气温逐渐变暖，它们慢慢地苏醒过来，又自动排好队伍开始在那里绕圈子。就这样它们日复一日地重复着如此简单的运动，竟没有一只发现这是一个严重的错误，没有一只能离开这个骗人的怪圈子去闯出一条新路。数天的奔波它们不吃不喝，这些可怜的毛毛虫最后无一幸免地累死在花盆的边沿上。

其实很简单，只要它向里一拐就能吃到嫩绿的叶子和芬芳的鲜花；向外一拐掉在花盆下就能吃到丰盛的菜叶，也能逃脱这可悲的下场，但它们就是做不到。作为万物之灵的人类有时也会上演如此循规蹈矩、盲目从众的闹剧。所以一定要打破成规，克服从众心理，勇于创新，才能进步。

心灵小语

　　一个人追求的目标越高，他的能力就发展得越快，对社会就越有益，这是一个真理。事物的发展是内因和外因共同起作用的结果，内因是事物变化发展的根据，外因是事物变化发展的条件，外因通过内因而起作用。只要充分发挥内因的积极作用，不悲观、不消沉，与逆境抗争，变不利为有利，同样能够成才，只要你有勇气走一条和别人不一样的路。

再好的朋友,也经不起利益的诱惑

不要追究朋友的缺陷,不要泄露朋友的秘密,不要记着朋友过去的错误。只有懂得这三点,才能交到真正的朋友。

朋友是我们成长中不可或缺的角色,我们因为友谊苦恼过、困惑过。同样,友谊有温暖的关心也有残忍的背叛,没有朋友的时候我们会觉得无比孤单,心烦意乱的时候希望能有个知心朋友听你诉说烦恼,为你出谋划策。但是,友谊也是分阶段的,我想说的是我们成人之后的友谊该如何看待。

不管是生活还是工作中,友谊都不要沾染上复杂利益的链条,一旦将友谊和金钱利益搅合在一起,友谊也就不复存在了。所以,如果你真的拿一个人当作朋友,那就不要和他涉及利益划分。

当然，有人说朋友多了路好走难道不对吗？对的，工作中有一类的朋友是可以资源共享、利益互换，你和他也不会有交心的基础，这样的朋友从一开始往往就是利益将你们绑在一起，所以也谈不上是真正的友谊，失去也不会难过。友谊也是现实的，它分很多种类，需要自己去辨别，然后把握好。

一个壮年男子路过丛林的时候，捡到了一只幼小的老虎。看它楚楚可怜的样子，他便把这只小老虎抱回家喂养。自从把小老虎抱回家，他拿最好的食物喂它吃，每天给它梳理毛发，辛勤地给它洗澡按摩。日久生情，老虎也和他亲昵起来，趴在他的身上和他玩耍，舔他的手脚。日子一天天过去，小老虎已经长成一只凶猛魁梧的大老虎了，但它没有对他有过丝毫威胁，反而像一只宠物狗一样乖乖地陪在他的身边。

突然有一天，他脑子迸发出了一个奇特的念头——骑着老虎去旅游！于是他带着干粮和一些水，骑着老虎，踏上了旅途。旅途中，老虎和他相处得很融洽，驮着他四处游走。这一路上，人们见到这个情景，很是诧异，但又很羡慕，所以这个人就更加威风凛凛了。

"老虎不会吃掉你吗？"路人好奇地问他。

"怎么会呢？我们感情这么好，是我把它养大的，它怎么会吃我呢?"他神气地说道。

路上有只狐狸看到老虎问:"你怎么能驮着他,你怎么不把他给吃了呢?"

老虎说:"我怎么可以吃掉我的朋友呢?"

旅程已经过了大半,这时他们要穿越荒芜的沙漠,不幸的是他们的食物和水都被无情的风沙卷跑了。他很痛心,立刻安慰这只老虎说:"朋友,你忍着吧,咱们的食物被卷跑了,等咱们穿过了这片沙漠,我保证一定让你吃饱而且吃好!"说着说着,为了让老虎节省些力气,他从它身上跳下来,开始步行。

就这样在沙漠时里走了一天,老虎已经饿得团团转了。第二天,老虎开始舔他的手脚;第三天,老虎开始对他吼叫了;第四天,老虎已经露出了獠牙;第五天,饥饿难耐的老虎目露凶光,血红的眼睛直视着这个男人,在他正要上手抚摸安慰它的时候,老虎用尽所有力气扑在了他的身上,顷刻间将他撕成了碎片,将他吞噬。

这个男人至死都不明白,老虎为什么会把他吃掉。

心灵小语

世间的友谊，有些是建立在饱暖基础上的，看似亲密无间的朋友，生死存亡时便会露出凶残的本质，所以不要在最后一刻才幡然醒悟。被你视为亲密无间的朋友，就是因为了解，背叛的时候才残忍，有时反而给你致命一击。所以，不要把人逼到绝境上，也不要让自己彻彻底底地信任某个人，还是给彼此留有空间，凡事适度吧。

永远别忘记身后那份深沉的爱

人与人之间最高的信任，无过于言听计从的信任。

当你对自己失望的时候，家人会成为你坚强的后盾，家人也会对你付出无条件的爱和给予，无条件的爱不是溺爱，是不论孩子成功还是失败，被表扬还是批评，家人都能让你知道他们是爱你的，你是最珍贵的。这种珍贵不在乎你是不是有能力和智慧，只是因为你是他们的孩子，他们相信你就是一个优秀的人。

高中毕业时，女孩没考上大学，于是到当地的一所初中教书。可是，没过一周的时间，她就被学生轰下了讲台，狼狈不堪地回了家。母亲为她擦了擦眼泪，安慰她说："满肚子的东西，有的人倒得出来，有的人倒不出来，没必要为这个伤心，找找别的工作，也许有更适合你的事情等着你去做呢。"

后来，女孩与同村的伙伴一起外出打工。糟糕的是，没几天她又被老板赶了出来，原因是她裁剪衣服的时候太慢了，别人一天可以裁制出六七件来，而她仅能做出两件来，质量还不过关。母亲又对女儿说："手脚总是有快有慢的，别人已经干了好多年了，而你初来乍到，怎么会比别人快呢？"说完，便为女儿打点行李，准备让她到另一个地方试一试。

女儿先后到过几家工厂、公司，当过编织工，干过营销，做过会计，但无一例外，时间不长都半途而止了。然而，每当女儿失败后沮丧回家的时候，母亲总是安慰她，从来没有说过一句抱怨的话。

一个偶然的机会，女孩受聘于一所聋哑学校当辅导员，这一次她如鱼得水。几年下来，凭着学哑语的天赋和一颗爱心与学生建立了良好的互动关系，深受学生们的喜爱。后来，她自己申请开办了一家残障学校。不久，她在许多城市又开办了残障人用品连锁店。如今她已经是一位拥有爱心和财富的女老板了。

一天，功成名就的女儿凑到已经年迈的母亲面前，她想得到一个一直以来都很想知道的答案。那就是，那些年她连连失败，连她自己都觉得前途渺茫的时候，是什么原因让母亲对她那么有信心呢？母亲的回答朴素而简单，她说："一块地，不适合种麦子，可以试试种豆子，豆子也长不好的话，可以种瓜果，瓜果也不济的时候，撒上些荞麦种子一定能开花。总有一粒种子适合它，也终会有属于它的一片收成……"

听完母亲的话之后，女儿落泪了。她明白，实际上母亲恒久的信念和爱，就是一粒最坚忍的种子，她的奇迹，就是这粒种子执着生长结出的果实。

家人无条件的爱对于我们的成长意义非同凡响。它意味着当我们在众人面前出丑时，当我们自暴自弃时，当我们落后失败时，当我们不被认可时，甚至当我们怨恨家人时……他们都不放弃对我们的爱。家人的爱护，是这世间最美的感受，安全感在你回家的瞬间落在心上，你不必为工作生活的打击和失败而苦恼，总会有一个地方你是成功的，那就是你对家人的爱。

心灵小语

父母从我们出生那一刻开始就为我们操碎了心,我们成长的每一个脚印都伴随着父母无数的爱与关怀,我们的成长就是父母的衰老,我们的成长就是父母脸上皱纹的增加,我们是父母心中的那一份无法言明的爱。他们用自己的双肩扛起我们的天空,让我们无忧无虑地成长,让我们忘却了时间,忘却他们也会变老,也会离开。

第六部分

我足够努力,
值得未来所有美好

这些是我要教你的事

时间像奔腾澎湃的急湍,它一去无还,毫不留恋。

在你二十几岁的时候,你觉得自己似乎已经成熟,但又不想继续长大,还想保留自己任性的权利,你会常常觉得孤单,放假时突然就落单,把手机翻一遍,朋友很多却不知道可以找谁,偶尔茫然失措,偶尔胡思乱想天马行空。

但是最美好的年纪,我来告诉你几件你一定要知道的事。

培养自己的爱好,一样或两样都好,你可以爱摇滚,爱漫画,爱唱歌,爱化妆,不是喜欢,一定要是爱。因为当你成熟后,你会知道有一个属于自己的世界是多么重要。男人只是需要你在他想要的独处之外,又在他能掌控之内,你要做的就是让他知道你和他是一样的,他不是你的全部,没有他你还有很多开心的事情可以做。他不陪你的时候你可以沉浸在自己的世界，他不挽你的时候你可以挽购物袋，总之不要自怨自艾，给自己一个落脚的地方。

你要学会做饭，哪怕只是简单的蛋炒饭，可是你至少在饿的时候能喂饱自己，男人喜欢被人依赖，可是他最终也许会因为你过于依赖他而离开你，学会做饭，把生活也安排得色香味俱全，你才不那么容易失掉自己。在悲伤的时候还能把自己的胃照顾充实的女孩，才不会在幸福的时候尝到苦难的味道。

在遇见了你喜欢的男人的时候，要注意你的眼神和举止，如果内心慌乱不能自已，那你不如保持不动，一分钟后整理心情再决定要不要看向他。如果真的很心动，那不要与他对视，就看他的鼻子吧。礼仪书上说，女孩对着鼻尖的目光高度是最优雅的。

要有几个非常要好的闺中密友，女人的心思毕竟还是女人最了解。如果你被朋友伤害的时候，别怀疑友情，但要提防背叛你的人，有的时候原谅不代表遗忘。有的时候做人存几分天真童心，也对朋友有一些侠义之情。每天让自己快乐、开朗、坚韧，去温暖身边的人，这和性格无关，对朋友你要真诚、尊重，朋友是暖心的港湾，对你人生起到的作用是你无法预估的。

对于第一份工作在两年内除非你有非常充分的理由，否则不要跳槽，或者五年内最多跳槽两次。频繁跳槽是职场很大的忌讳，基本决定了你未来人生格局。等你的经验能力积蓄得足够全面，成为行业翘楚，你的跳槽会给你带来更大的提升和积极的改变。

当你开始工作，你必须学会克制自己的任性，以一个社会人的标准来要求自己，真正清楚知道，地球不能围绕你转，公司如果没有你，会有比你更好的人来取代你，让自己迅速成长为一个成熟的人，犯了错误自己埋单，对于别人善意或恶意的批评都要接受，不要用眼泪来告诉别人你的态度，这是你的尊严所在。

对于爱情，如果你不计后果疯狂爱一个人，请在25岁之前与懂得你、尊重你、珍惜你的人交往，也许他不是你最理想的那个人。但是那些需要你无底线迁就、委屈、仰视的人，无论是恋人还是朋友，停止一切关系，要与可以给你加分的人建立关系，任何关系都是如此。

学会爱自己，你要他多爱你，你就要更爱自己。一个自己都不爱自己的人，他为什么要爱你？他不是你儿子，不会感激你为了他容颜憔悴，他想要的是一个聪明美丽智慧鲜艳的高跟鞋，不是廉价粗糙包容他的平底布鞋。

享受爱情而不要作践自己，知道为什么男人更容易从失恋中走出去吗？他们不会想念你太久，该享受时就享受，该放手就大悲一场，但是都会很快过去。如果你和一个男人分手，他却死缠你不放，不要心软，这是最没出息的男人，他配不上你，分手对你来说是最好结果。

决定结婚的时候你要看准他。女怕嫁错郎，这是千古不变的真理。你觉得如果过得不好可以离婚，那么20岁左右离婚是不光彩的过去，30岁的时候离婚会很累，因为有小孩，40岁离婚你以为能那么容易找到好的？做最坏的打算，给自己一些保障，向最好的努力，在自己最爱的男人面前提升一下自己的核心竞争力吧。

女孩，你这辈子能完全信任的男人永远只有两个或者三个，你的爸爸和你的哥哥是最值得你完全信任的，未来娶你的男人也先选择相信。如果你没有哥哥，那好好爱你的爸爸吧，他是这辈子最爱最爱你的男人，可能他有的时候有些凶，管得有点多，但是那就是他保护你的方式。同样的道理，你未来丈夫的妈妈也这么爱着她的儿子，对他的老妈一定要好，这才能真的抓住丈夫的心。他和他的妈妈待在一起的时间远比你长久，他的妈妈包容关爱他一辈子，男人在对老婆和妈妈谁最重要的问题上，永远不会说实话，两种完全不同的感情，也别为难他。你同样不能毫不内疚地回答，如果你爱他就也爱他的妈妈，把她当你自己的妈妈一样对待，甚至更好。如果他对你温柔体贴又能扛起养家的责任，他的优秀是他的妈妈悉心教导的，你必须感恩。

心灵小语

　　每一件小事构成你对一个人的评价,一个小细节你可以看出一个人的家庭教育及环境,在你还是一个青年的时候,也许经历不多,你没有过多的城府,那也千万别有过多的阴暗。有的时候受了委屈要坚强,感觉到别人的不友好要化解,做一个纯真友善的人。女孩子不要在背后说别人坏话,也许你不知道,传播得最快的就是语言。

身处逆境，就当是一次路过

患难可以试验一个人的品格，非常的境遇方可以显出非常的气节。

在个人成长过程中，首先要重视内因的作用，要靠自己的努力。逆境虽然可以给个人成长带来不利的影响，但只要充分发挥内因的积极作用，不悲观、不消沉，与逆境抗争，做一个智慧且冷静的人。"千磨万击还坚韧，任尔东西南北风"，扬长避短，变不利为有利，才能够保全自己。

非洲草原上，有一种不起眼的动物叫作吸血蝙蝠。它身体极小，却是野马的天敌。这种蝙蝠靠吸动物的血而生存，它在攻击野马时，常附在马腿上，用锋利的牙齿极敏捷地刺破野马的腿，然后用尖尖的嘴吸血。

无论野马如何蹦跳、狂奔，都无法驱逐这种蝙蝠，蝙蝠却可以从容地吸附在野马的身上，落在野马的头上，直到吸饱吸足，才满意地飞去。而野马常常在暴怒、狂奔、流血中无可奈何地死去。

动物学家在分析这一问题时，一致认为吸血蝙蝠所吸的血量是微不足道的，远不会让野马死去，野马的死是它暴怒的习性和狂奔所致。

无论是生活还是工作，很多人都不能容忍别人哪怕一句话，一个动作的挑衅，可是恰恰遇到这些人的时候我们应该学会理智地看待。往往在我们和别人有利益纷争的时候，我们都选择一步不让，非要拼个鱼死网破，可是为什么不用头脑好好想想应对的办法，如何妥善解决纷争，甚至能够解决最深层的矛盾呢？并且有的时候，别人伤害了我们，却是微不足道的，我们只是咽不下这口气，就疯狂地反击，最后别人没有怎样，自己却让自己陷入了糟糕的境地。

一位退休的老人回到家乡，在小城镇买了一座房子住了下来，想安静地开始写回忆录。开始的几个星期，一切都好。但有一天，三个男孩放学后来这里玩，他们把垃圾桶踢来踢去，玩得非常开心。

老人受不了这些噪音，于是出来和他们进行谈判。他说："我很喜欢你们踢桶玩，如果你们每天来玩，我每天给你们每个人一块钱。"三个小青年很高兴，更加卖力地施展着他们的脚下功夫。过了三天，老人忧愁地说："通货膨胀使我的收入减少了一半,明天起我只给你们五毛钱。"小青年很是不开心,但还是答应了。每天放学后,继续去进行他们的表演。

一个星期后,老人愁眉苦脸地说:"最近没有收到养老金汇款,对不起,每天只能给两毛了。"

"两毛钱?"一个小青年脸色发青,"我们才不会为了区区的两毛钱而浪费宝贵的时间为你进行表演呢,我们不干了。"

从此以后,老人又过上了安静的日子。

世界上没有任何一个事物是孤立存在的,这位老人回到家乡想安静地写些回忆录,结果被放学后顽皮玩耍的孩子打破了安静的生活。退休老人根据退休工资及福利只涨不跌及年轻人的逆反心理,采取欲擒故纵、拐弯抹角的方式,巧妙地达到了自己的目的。可见,所有事情要想取得成功就必须用智慧去解决。老人对三个年轻人的玩耍吵闹没有开门见山地批评,而是抓住了他们的心理特点,采取了欲擒故纵的方式,从而达到了老人想要的效果。生活就是一件事接着另一件事,每一件事的解决都不是那么简单的,需要靠你的智慧,而不是冲动鲁莽。

心灵小语

不要总企图论证自己的优秀、别人的拙劣,这会引来反感。也不要事事、时时、处处总是唯我独尊、固执己见。在非原则的问题和无关大局的事情上,善于沟通和理解,善于体谅和包涵,善于妥协和让步,既有助于保持心境的安宁与平静,也有利于人际关系的和谐。

明天和未来哪个更遥远

即使一动不动,时间也在替我们移动。而日子的消逝,就是带走我们希望保留的幻想。

或许今天的我们在做着自己并不热爱的事情,偶尔踮脚张望那些最初的梦想,梦想却犹如气球般越飘越远,我们为了生活为了家庭琐事,早已经渐渐模糊甚至遗忘了曾经信誓旦旦要完成的梦想。

明天和未来哪个更遥远?你要自己问自己,感觉明天似乎更加亲切熟悉,未来很模糊未知,但是明天某种程度就是你的未来,你要不要改变未来,就是你要不要从明天开始改变。

有的人喜欢逃避,给自己定的目标永远是未来,却从不想现在着手改变,那么你现在不改变,未来的改变又在何方？你不停追梦，现实未必照得进阳光，生活一直在继续，从不停留等待，只是你再也找不回曾经的自己。

我有一个离了婚的朋友，她并没有因为不幸的婚姻一蹶不振，她在结婚之前没有实现的理想，结婚之后没有时间实现的理想，现在又重新拾起。自己开了一家做设计的公司，每天拿起画笔不停地画，现在虽然处于创业阶段，是一个只有几个人的小公司，但是依然风生水起，她每天也是精神焕发充满了希望，像阳光一样照亮了自己的生活。

如果她离婚后，没有继续追求梦想的勇气，也不会有今天的成绩，那她失去了爱情，失去了婚姻，也同样失去梦想的事业，就真的一无所有。

大部分人遇到些挫折就会丧失对生活的兴趣，自怨自艾，每天漫无目的地生活。你我身边这样的朋友太多了，他们会有各种各样的理由来给自己找借口，一直浑浑噩噩下去。有人劝他的时候，他会说自己年纪太大了，早已经过了奋斗的年纪，或者没有时间，压力太大等很多理由。

每个人的原则是不一样的，没有非黑即白的对错分明，每个人其实都游走在灰色地带，模棱两可地生活，我并不是说选择平稳的生活是错误，而是希望每个人在生活想要有所突破时，或者遇到不幸时能勇敢选择自己想要的生活和事业，为自己的人生添砖加瓦。

如果有一天你失去了很重要的东西，不妨努力让自己有勇气去追求曾经的梦想，让自己剥离失去的痛苦，也让自己唤起重新生活的勇气，梦想永远不遥远，明天就是你的未来。

心灵小语

好好去生活,去爱,岁月如此短暂,不要感叹时间流逝。偶尔停下来驻足观望,但是别蹲下来张望。走在自己选择的路上的时候,记得别回头看,也时不时问问自己在干什么。

委屈和伤心的时候,请号啕大哭,哭完洗脸,整理好自己,挤出一个微笑给自己看,我还能笑,那就不是太糟糕。

就算透支生命，我们能获得什么

有些人因为贪婪，想要得到更多的东西，却把现在所有的都失掉了。

每一天我们都在为了目标、为了生活而奔波，在为生活奔波的过程中，我们也可能是一头北极熊，我们沾沾自喜，以为自己很强大，能够得到很多东西，却不承想透支的是生命。当你一路疾风闪电地冲到终点，你才会发现，因为太投入去达到目标，而没有欣赏享受沿途的风景，想再重来一遍却根本不可能了。

在北极，北极熊的力量是最大的，它又没有什么天敌，但爱斯基摩人能够毫不费力地抓到它。人类是最有智慧的，北极熊非常嗜血，爱斯基摩人就是利用这一点捕捉它的。爱斯基摩人先取一部分动物的血，把它们放在容器里，然后放一把双刃的匕首让它冷冻在血液里，就这样做出来一个大冰棒，最后把它丢在雪原上。

北极熊的鼻子很灵敏，对血腥味很敏感，当它闻到爱斯基摩人丢在雪地上的血冰棒时，就会很快赶来舔食冰棒。这样不久，它的舌头就会冻得麻木了，但是它是不会放弃美食的。再不久，就会有温热的血吃进它的嘴里，它不知道其实那就是它自己的血。因为它已经舔食到插在冰棒中间双刃匕首了，匕首割破了它的舌头。因为它的舌头早就冻得麻木了，所以它察觉不到，但是鼻子能闻到鲜血的美味，它舔食得更卖力了，而自己的血也就损耗得更快了。就这样，不用多久它就因为失血过多而晕倒了。此时，爱斯基摩人很轻松地就抓到了它。

生命是宝贵的，又是短暂的，过程中会有很多陷阱让人防不胜防，需要你有坚定的信念才能走到终点，每个人的路不同，唯一相同的就是每个人都有选择的权利。

在非洲丛林，四个瘦骨嶙峋的男子正在艰难前行。

这四个人是跟队长马克一起来丛林探险的，马克当时许诺会给他们丰厚的报酬。但是在他们就要成功时，马克不幸染上了丛林疾病，永远地留在丛林里。

木箱是马克临死前托付给他们的，他对他们说："你们要保证，寸步不离这箱子。当你们把它送到我的朋友杰瑞教授那里时，你们会得到比金子还贵重的报酬。我们相信你们一定能送到,而我承诺的东西,你们也一定能得到。"

埋葬了马克,他们上路了。密林里几乎没有路,每走一步都很艰难,而他们还要抬一个箱子。他们挣扎着,一切都不真实起来,只有看到这个箱子,他们才敢确定自己还活着……在最艰难的日子,那个比金子还贵重的东西给了他们战胜困难的希望。他们彼此监视,不让任何人单独打开箱子,在这股信念的支撑下,艰难地走着……

终于,看到了密林的尽头。他们用最快的速度找到了杰瑞教授,提起了那个比金子还贵重的报酬。但杰瑞教授根本不知道这是怎么回事,他说:"你们看,我很穷,家里什么都没有啊!难道箱子里有宝贝?"于是,大家一起打开箱子,这下大家呆住了:箱子里只有一堆无用的木头!

"是不是搞错了?"

"让我们带回来这些无用的东西,马克精神有问题吧?"

"哪有什么比金子还贵重的报酬。骗子!"

只有最后一个人沉默不语,他想起来在丛林里的一路所见,那么多没有走出丛林的探险者的白骨。想起这个箱子给大家带来的希望和信念……他站起来,对同伴说:"别抱怨了,我们已经得到了比金子还贵重的报酬了,那就是我们的生命!"

心灵小语

我所在的一个小城里，有一对做羊肉面的夫妻，他们经营一间不大的店面，由于做出的羊肉面爽口味美，每天从早到晚吃客爆满，一拨人刚走了，另一拨人又来了，夫妻俩乐呵呵地迎来送往，从来不愁没生意。钱挣多了，他们便想到了休闲，所以小店会时不时地停开一两天。有一次，我到他的店里吃面，有人问他们："昨天怎么没开门？"那个男子喜笑颜开地说："没有赚不完的钱，累了就歇歇。"

"累了就歇歇"，这是多么简单的道理，它稀释了对金钱的欲望，有着对生活满足的轻松。

在忙碌的生活里，学会饿了就吃饭，困了就睡觉，学会淡定从容，安身立命，学会拿得起放得下，学会不为金钱名利所累，不为口舌贪欲所累，这才是智者的生活态度。

向左走，向右走

> 修养的花儿在寂静中开过去了，成功的果子便要在光明里结实。

我有一个师妹小Q，过了24岁的生日后显得非常焦虑，有一次出来聚会跟我说，她的工资很低，她也经常会想，这样的日子是否值得。比如每天斤斤计较地盘算地铁和公交车哪个更加划算，为买不买一辆300块钱的自行车来代替地铁去上班而犹豫好几个月。她不想回到家乡，因为害怕和别的同学不同，害怕起步工资太低而让日后的生活不堪设想，举步维艰。现在只有留在北京，将工作的职位放在第一位，不断去追求更高的薪水。

其实我很理解她，在北京这样的大城市里，每当看到很多学历背景不佳的人，因为不断跳槽，薪水两三倍高于自己的时候，每当听到一些女孩子因为家庭背景或者某个男人的背景，找到某种捷径的时候，或者看到那些前辈炫耀名牌包包出入高级餐馆的时候，或许换作谁，心里都难免会有一些怨念。

每次小Q跟我抱怨这些的时候，我很想送给她台湾女作家李欣频说过的一段话："有很多人设立的目标是几年之内要升到主任，几年之后要当上主管，然后是老板……这些都是可以随时被取代的身份。只要别人比你强，关系比你好，或是公司结构调整，位子就会瞬间消失。"其实，别人拿不走的那才是真正属于你的。

所以，要建立自己的风格，把自己当成个人品牌来经营，创造自己名字的价值，帮自己建一个别人拿不走的身份，而不是社会价值下的职位，你的路才会走得更长久，经济也会稳定宽裕。至于将来你是哪个公司的主管、哪家企业的老板其实都不重要，因为别人看重的是你的专业、你的风格和你的资源。这就是拿不走的身份。

请时刻清醒，你要知道什么事能做，什么事不能做，要知道自己是谁，知道什么是你可以拥有的，什么是别人暂时给予你的。请你不断拥有重新归零的勇气与信念，让自己能拥有别人拿不走，永远属于你自己的东西。

心灵小语

每个人都有毕业入职的那一刻，都有信心百倍的青春年华。刚刚步入社会的时候，大多数人总是能够发现自己的不足，拼命学习来提高自己。但是第二年、第三年呢？有人开始看到职场的阴暗面，有人渐渐学会明争暗斗，有人发现投机取巧能赚钱，于是慢慢走上了这条路——在这个过程中，他们从未回头看看自己还有什么不足，身姿是否不够挺拔，奔跑速度是否不够矫健，技能掌握是否跟得上市场需求。

生命中的粗纤维

天才就是无止境刻苦勤奋的能力。

生活应像一杯热咖啡，暖暖的、甜甜的，回味几番，唇齿留香；生活应像冬日里的阳光，不张扬，不炫耀，照射于心，顿时敞亮；生活应像一杯香茗，以自身的清香陶醉心脾，以自身的温暖让人不能忘怀！

生活应是充满温馨的，生活应是洋溢幸福的，生活应是散发光彩的！生活就应该是这样，每个角落都有温馨，每个页码都记载着幸福的回忆。

小M刚刚进入杂志社工作时，父亲对她说了10个字："工作不熟不怕，勤能补拙。"后来，勤奋让小M的才能得到了最大限度的发挥，她工作起来非常顺利，并获得了一种前所未有的成就感。顺利是因为勤能补拙弥补了她的不足；

成就感是勤能补拙打造了她事业成功的最佳心态。

后来,小 M 失恋了,她非常痛苦和失落,朋友开导她:"一切随缘吧。"在痛定思痛后,她自问:"缘是什么?缘从何而来?你向来自负的成功心态在哪里?"

人总有明白的时候,小 M 也一样,她总算明白了:"缘不仅仅是一种缘分,更是一种机遇。当机遇和缘分同时到来时,精神和意志是一个人走向成功的基本心态。一切心理上的敌人不在社会,而在于自己。"凭借这样的心态,小 M 终于迎来了真正属于她的爱情。

"一切心灰意冷的思想和安于现状的心理都是阻碍成功的心魔。""一切的自卑都是精神和意志趋于丧失的象征。""心态很重要,好的心态会不断支持你走向成功。"

这是小 M 最常说的三句话。一次,杂志社的一位老编辑听到了她的话,就随口说道:"大气量海阔天空,真智慧岳峙渊渟。"小 M 心里一震,有一种恍然大悟的感觉。古人所追求的高山流水般的境界,在一些现代人看来已经非常老土了。其实心态问题,就是一个战胜自我的问题;所谓成功实质上就是一个不断突破自我的提升。

生活中,我们要面对太多,但无论任何时候,都请记住别向生活妥协。即使梦想真的遥不可及,但至少作为一种念想,它真切地牵动着我们今天的脚步,充盈着我们前进的旅程。梦想是一种追逐,人的一生中充满了梦想。小时候是想有一个洋娃娃,再大一点是想考试得高分,再大一些想有一份好工作……人的一生就是在逐梦中度过的。梦想既是人生的目标,又是人实现这个目标的源源不断的动力。梦想是青春的标志,是生命闪烁的灿烂,是希望点滴成河的激荡。一个积极上进的人,在他的心中有着雪花般纯洁和飞舞的万千梦想;一个尊重生命的人,他的梦想无处不在。而有梦想一路随行,生命就有升值的空间和开阔的前景。

心灵小语

该低头就低头，该抬头就抬头。

一般地说，人在春风得意或做出成绩时，应该懂得低头、记住低头，做个谦虚谨慎的人。

而在身处逆境或遭遇失败时，应该挺胸抬头、勇于抬头，做个顶天立地的人。

所以，把握好低头与抬头的时机，处理好低头与抬头的关系，才算掌握了人生的大智慧、大学问。

我足够努力,值得未来所有美好

只要你有一件合理的事去做,你的生活就会显得特别美好。

每一天都是新的,我们无须将过去的悲伤、痛苦带到今天来,我们坚持自己的目标,努力去实现它,你就值得未来所有美好。

平常生活中,有的人的确很讨女孩的喜欢,其实这也算一种行动能力。在行动前,他们不会考虑"求爱是否可能遭拒"之类的问题。

越是没有经验的人,越是想着种种借口拖延,但没有那么多机会等待你,一旦错过时机,那你就和缘分擦肩而过,不可重来了。

遇到危险的时候,行动能力弱的人,总是想给自己的行动找理由,大体看来,编造很多理由拖延行动的人,往往潜意识里有掩饰自己不善于行动这一缺点的倾向，在他的思维里可以找到一大堆的懒汉借口。他们也从不想摆脱困境和危机，只一厢情愿等待别人的救赎，但这样下去的结果是耗尽精力空等一生。

当人生陷入坎坷的时候，只要能有所行动，哪怕仅仅迈出一两步，就有可能胜利。如果你经常纠结"是去做还是不去做呢"，那么就不要给自己太多的时间挣扎，要给自己勇气先迈出一步，立刻着手行动，事情远没有你想得那么难。

害怕失败是人性的本能，不会有人是真的天不怕地不怕的，我们要理智去思考自己面对人生面对机会的时候是什么心理。如果自己在机会面前总是畏畏缩缩，那以后会不会后悔自己当初为什么没有抓住机会呢？

真正有行动能力的人，没有任何的理由，就可以迅速去争取自己想要的东西，他们不是在理论成立之后才行动，而是在行动的过程中想"我怎样做才能达到目的"。

当然行动力是成功不可或缺的能力，但是如果一个人行动力过强，就应该三思而后行，不要太莽撞。行动力弱的人也是可以改变现状的，你想到了就去做，培养自己的行动力，一切都是可以改变的。

成功者之所以成功，就在于他们勇于向前，不在意前进中一时的得失与失败,他们总希望把最后的成功当作自己最得意的东西。成功者善于将失败转变为成功,他们能从失败中吸取教训,从退路中找到出路。

当获得一些成功的时候,要知道一句话"不得意才是大得意的转机",各种困难、阻碍在我们的生活中无处不在,但只要自信,就能够无限地挖掘自己的潜能。不骄傲、不膨胀,才能使我们赢得人生更大的成功,如果一点小成绩,就让自己觉得已经很满足了,那这会让你迈不动更大的步伐前进,要给自己进步的空间,不要满足现状。

忘掉过去的悲伤和失望,用"今天"的勇气重新站起来,不管过去还是将来,我们必须把握今天,挺起胸膛勇敢地面对生活,这是我们的生活态度。

现在努力给自己的人生加码,才能在未来的日子里获得想要的生活,这样的你才配拥有未来所有美好。

心灵小语

　　艰难困苦，特别吸引坚强的人，因为只有在拥抱苦难的时候，才会真正认清自己。有的人喜欢追求安逸的生活，这也是一种生活方式，这不是错误。但是如果你对现实生活不满意的时候，却还没有勇气改变，一直忍受，那这就是一种懦弱。希望每个人都能得到自己想要的生活，不辜负来到这个世界走一遭。

图书在版编目（CIP）数据

你值得世间一切美好 / 海猫小樽著 . — 北京：人民日报出版社 , 2015.12
ISBN 978-7-5115-3505-4

Ⅰ . ①你… Ⅱ . ①海… Ⅲ . ①散文集－中国－当代
Ⅳ . ① I267

中国版本图书馆 CIP 数据核字（2015）第 312513 号

书　　　名：	你值得世间一切美好
作　　　者：	海猫小樽
出 版 人：	董　伟
责任编辑：	程文静
封面设计：	繁体字设计工作室
出版发行：	人民日报出版社
社　　　址：	北京金台西路 2 号
邮政编码：	100733
发行热线：	（010）65369509　65369527　65369846　65363528
邮购热线：	（010）65369530　65363527
编辑热线：	（010）65363530
网　　　址：	www.peopledailypress.com
经　　　销：	新华书店
印　　　刷：	北京佳顺印务有限公司
开　　　本：	880mm×1230mm　1/32
字　　　数：	120 千字
印　　　张：	7
印　　　次：	2016 年 3 月第 1 版　2016 年 3 月第 1 次印刷
书　　　号：	ISBN 978-7-5115-3505-4
定　　　价：	35.80 元